LIVRO JOGOS DE PAIXÃO EM MÍCONOS

Print • eBook • Audiobook (English & Portuguese)

www.stergioubooks.com

Copyright © 2017 Zachos Hadjifotiou

Livro Jogos de Paixão em Míconos

Cover Image: © Isis Ixworth

ISBN-13: 978-1-912315-00-0

ePub ISBN-13: 978-1-912315-01-7

A copy (Legal Deposit) of this book is available from the British Library.

Worldwide distribution: Ingram & Stergiou Limited

Stergiou Limited

Suite A, 6 Honduras St., London EC1Y 0TH, UK

Publications@stergioultd.com

English Edition

eBook (ePub) ISBN: 978-1-910370-64-3

ISBN: 978-1-910370-65-0

First edition

Title: Clouds over Mykonos

Published by Efstathiadis Group in Greece, 1992

Livro Jogos de Paixão em Míconos

Zachos Hadjifotiou

Contents

Prefácio

Um das ilhas mais bonitas, Míconos tem sido um ponto de referência para o autor Zachos Hadjifotiou há muito tempo. Costumava visitar a ilha todo o verão e possui um casa lá há muitos anos. Portanto, não apenas passou por aventuras incríveis, como também desenvolveu um conhecimento e respeito pela cultura local e os habitantes da ilha. Este livro é um relato muito próximo de eventos realmente vividos pelo autor em Míconos, lugar que ama e conhece muito bem. As pessoas descritas neste livro são reais, e os nomes citados também, salvo algumas exceções.

Os eventos deste livro se passaram nos anos 70, portanto algum tempo já se passou. Míconos deixou de ser um resort popular e agora é um dos destinos mais procurados mundialmente (portanto a ilha hoje oferece muitas opções de acomodação e transporte organizado para vários lugares. E o nudismo discreto, não é mais ilegal).

Míconos continua a ser um lugar de cenários magnificos, dominado por um branco de tirar o fôlego.

O mar é azul, convidativo e refrescante como sempre foi. E para aqueles que buscam aventuras, sempre estão acontecendo festas! Por este motivo, as pessoas continuam viajando para esta ilha para poderem vivenciar em primeira mão as belezas e os contos de que ouviram falar.

Após ler este livro, quem sabe você não será mais um a se juntar a eles! Boa leitura!

CAPÍTULO 1

Aquele homem me perturba ao incluir-me no rol dos seus convidados. Toda vez que recebe visitas, insiste para que eu faça parte de suas reuniões. Reuniões amistosas e informais sem quaisquer compromissos. Ele sabe receber. Sua mesa é farta. Aliás, é tudo que lhe restou. Perdeu até a casa da Placa e, inclusive os empregados. Da antiga grandeza ficaram apenas a tradição e as lembranças.

Os convidados são servidos por garçons contratados do "Gran de Bretagne". Gente empertigada, envergando um uniforme tradicional, que é composto por um paletó de linho branco adornado com um azul vivo. O uniforme identifica a procedência dos garçons, satisfazendo assim o apurado gosto dos convidados do Alexis.

Implico com os móveis de sua casa. Eles me dão a impressão de roupas emprestadas. As estantes, desgastadas pelo tempo parecem destinadas a suportar o peso do teto. Acredito que na casa da Placa elas não alcançavam nem a metade das paredes. Não gosto, também, das medalhas fixadas no quadro de veludo. Me lembram resquícios de um funeral. Logo abaixo está a fotografia de seu pai dentro de um conversível, tirada na época em que ele foi ministro.

Alexis tem tanto orgulho dessa foto! Às vezes fico pensando quem é o mais vaidoso: se é Alexis exibindo a foto ou seu pai ao lado do primeiro ministro. O retrato mostra ainda, um soldado da guarda real abrindo a porta do cadillac. Quando o vi pela primeira vez, não perdi a oportunidade de ridicularizá-lo com o meu habitual humor ferino e irônico. Alexis me perguntou, na frente de seus amigos:

- Você viu meu pai junto ao primeiro ministro?

Com a maior naturalidade respondi:

- Não sabia que seu pai era um soldado da guarda real.

Isso foi um balde de água fria no orgulho de Alexis que nunca me perdoou. Apesar disso continuo fazendo parte da sua lista de convidados. É mais difícil sair dessa lista do que entrar. Não consigo entender!

Naquela noite, no meio do grupo habitual havia uma estranha. Não dei muita importância e tampouco gravei seu nome quando foi feita a apresentação formal. Mais tarde, ela me disse com um jeito moleque:

- Sabe, dez anos atrás estive apaixonada pelo senhor.

- Sorte sua, respondi secamente, me afastando dela.

Se eu mesmo não me aceito, faço ideia os outros. Conheço, porém, toda essa gente e Alexis também. Aliás, ele me conhece praticamente desde que eu nasci. Dos folguedos, da escola, do Tênis.

Que saudade do Tênis! Clube fino, tradicional, essencialmente preconceituoso. Já se foram três décadas e ainda me lembro quando passamos a frequentá-lo, logo depois da guerra. Éramos jovens. Os antigos sócios demoraram cerca de dois anos para nos dizer um simples "bom dia". Eles nos chamavam de "rebocadores". O apelido nada tinha a ver com a nossa origem. Decorria de uma deliberação do Conselho em admitir trinta novos sócios para aplicar suas mensalidades nas obras de reforma do Clube. Posteriormente, e entretanto, voltou à sua tradição. O Conselho recusava, sistematicamente, novas admissões, sob os mais infantis argumentos. Os mais persistentes conseguiam ingressar no quadro social após alguns anos de luta.

Época de falsos ideais. De privilégios. De discriminações. É assim que eu via aquele universo. Alexis e seu grupo ainda viviam naquele ambiente desbotado. Eles me deixavam a impressão de uma velha fotografia.

Eu me perguntava o que estaria fazendo ali minha fã, segundo, sua própria afirmação. Parecia uns vinte anos mais jovem que eu. Apesar do esforço não conseguia me lembrar dela. Provavelmente tenha sofrido uma grande transformação nestes dez anos de ausência. Passei a observá-la. Tinha um rosto bonitinho, e. revelava também, vivacidade e inteligência. Era miudinha de corpo. Sinceramente não fazia meu tipo.

CAPÍTULO 2

- Que ilha é aquela, Don?

- É Ghioura, respondi. Você nunca ouviu uma canção que diz: "Entre Syros e Tziá cresce amarga a laranjeira azeda"?

- E tem laranjeira azeda ali, Don?

- Tinha...

Vejam só! Um mês depois eu estava levando para Míconos quem "não era meu tipo". Eu para ela, era um misto de Don Quixote e de Don Juan: tinha a imaginação do primeiro e o charme do segundo.

Não sei explicar como estava com ela naquele navio. Depois de nosso encontro na casa do Alexis, nunca mais a vi. É verdade que após alguns dias minha campainha tocou às oito horas da manhã. Estranhei. Uma mulher desconhecida se apresentou.

- A senhorita Papazissi mandou este livro para o senhor.

Eu dormia em pé. Joguei o livro em cima da mesa e voltei para a cama. Duas horas depois, tomando meu café, apanhei o livro. Lendo a dedicatória, descobri quem era a senhorita Papazissi: "Para o senhor, Marilena."

- Ué, exclamei. A garota que estava na casa do Alexis é uma escritora?

"O Excomungado" era o título do livro. Comecei a ler às três da tarde e às nove tinha terminado. Gostei muito. Descobri o telefone da autora, porém ela não estava em casa quando liguei.

Queria agradecer-lhe e tecer alguns comentários sobre a obra. No dia seguinte ela mesma atendeu.

- O senhor gostou?

Não sei porque ela só me chamava de senhor.

- Muito, respondi de modo incisivo. Isso, sem dúvida, valia mais que qualquer palavra de agradecimento.

- Gostaria de fazer-lhe duas ou três perguntas sobre o seu trabalho.

- À vontade. Contudo, o senhor não acha melhor pessoalmente?

A noite estávamos jantando no "Jardim do Céu", na Placa.

Ela falava e pensava bonito. Não bebia e isso não me agradava. Gosto de pessoas que bebem. Elas se libertam e param de espremer os miolos antes de dar uma resposta.

Terminamos a noite em minha casa. Não sei quanto tempo permanecemos juntos.

Mais uma vez a perdi de vista. Decorridos dois ou três dias a mesma mulher, portadora do livro, estava à minha porta. Trazia uma carta. Tínhamos, assim, um pombo-correio. Inexplicavelmente lembrei-me de "Les Lettres D'Amour", de Victor Hugo. A carta dizia assim:

"Caro Don

Durante meses, para não dizer um ano, minha caneta descansou sobre a mesa arrumada e limpa como se fosse uma prostituta redimindo-se num convento.

Agora, de repente, você a excitou. Ela não suportou a tentação e valendo-se da minha criatividade, retomou sua vida de pecados.

Anteriormente, quando não me acudia a inspiração, eu escrevia apenas para registrar minha solidão ou para matar o tempo antes que ele me consumisse. Fazia, também, a única coisa que sabia fazer. Bem ou mal.

Você já deve ter sentido que o escritor, famoso ou não, é um pequeno deus, jogando com seus personagens, ao seu bel prazer.

Pensando em nós, recordo a frase de Sagan: "O mundanismo fere até mesmo os vícios". Certa noite o destino, bem humorado, nos jogou numa lata de lixo elegante, num salão mundano. No meio dos outros, você e eu representamos o dia e a noite. Todavia, eles se encontram e se separam duas vezes por dia, enquanto nós levamos quase três decênios para nos encontrarmos!

Que fazíamos ali? Você, suponho, por força do hábito, pois, até onde sei, não tem vícios. Eu, para ferir meu vício. O vício de procurar gente e não animais fantasiados de gente.

Sentada em meu canto, ouvia besteiras. Notei você mais distante e concluí ter encontrado quem eu procurava. Aflorou em minha mente o pensamento de Dostoivski: "Mesmo que não exista Deus devemos inventá-lo". Para mim o tema Deus não existe. Creio em Deus apesar de ter desacreditado muitas vezes. Talvez resida aí, a prova de minha crença. Acreditar sem dúvidas é fanatismo tolo.

Eu buscava um herói das histórias e ao avistá-lo, revelando um ar de Don Juan entediado, ponderei: "mesmo que este homem não seja o Dom Quixote que pro-

curo, devo inventá-lo". Tomei essa iniciativa sem saber sua opinião, Don.

Anteontem você me fez rir, coisa quase esquecida por mim. Não que eu seja infeliz. "Nada é mais ridículo que a infelicidade", afirmou Becket. Recebi sua influência. Sinto medo do ridículo. Volto ao assunto. Quantas horas estivemos juntos? Não me recordo.

Planejei estudá-lo minuciosamente. Distraída, porém, permiti que você me conduzisse ao seu mundo. Às suas origens.

Caro Don, nada aprendemos com as pessoas que nos amaram. "Amém para se embrutecerem", diz Pascal. Por isso não permita que eu venha amá-lo. Não quero ficar cega. Quero, isto sim, desvendar você para si mesmo. Você e seu ego. Eu e minha imaginação. Juntos veremos um Strati em quatro dimensões.

Aceite um conselho: não acuse tanto quem o incomoda com seus defeitos. Com eles você consegue descobrir a causa dos seus aborrecimentos. Sem eles, você saberia que a seriedade aparente o enerva? Assim, você aprende, ainda que a elevado preço. As pessoas honestas saldam suas dívidas.

Suas canções me transmitiram tantas emoções que meus olhos, até então ressecados, reencontraram as lágrimas. Eu rememorava cenas fragmentadas, confusas. Restos de encantamento.

Palavras soltas, alguns amores e subitamente Don Juan falando daquela aventura que gostaria de tentar. Imaginei você transformado em Don Quixote. Magro, triste, romântico, montando seu cavalo sarnento. A imagem dissipou. Arrancando a armadura enferrujada e revelando vaidade, você, com ar protetor, preveniu-me do perigo que eu corria: o de apaixonar-se por você. Esse perigo existia apenas em seu subconsciente. Em sua vontade. Eu, em sã consciência, gostaria que assim fosse. Que ainda venha acontecer, se possível.

Afinal, quem era você? A pergunta martelava meu cérebro. Deitada em minha cama, não conseguia dormir. Acendi um cigarro e fixando o olhar numa lua imaginária, tentava decifrá-lo: Don Juan ou Don Quixote. O cigarro queimou meus dedos e acabei adormecendo. Sonhei. Um sonho louco. Figuras sem rosto. Sombras coloridas, esbeltas, brilhantes que se misturavam com outras cinzentas, melancólicas. Acordei. Mesmo não sendo Freud, consegui, através do sonho, dissipar a dúvida. Você é a um só tempo, Don Juan e Don Quixote. Calça colorida, paletó escuro.

Se analisarmos a questão a fundo chegaremos a conclusão que esses dois homens eram muitos semelhantes, almas gêmeas. Don Juan vivia a realidade enquanto Don Quixote vivia na imaginação. Um seduzia. O outro era seduzido.

Por hoje é só. Quando o reencontrar talvez lhe diga, ou quem sabe, revelarei a mim mesma, mais alguns de seus segredos. Segredos que só eu conheço, por tê-los descoberto. Isso me transforma num pequeno Colombo.

Se tudo quanto imaginei, não existe para você, não importa. A América também se desconhecia até ser descoberta por Colombo.

Marilena".

Após a leitura da carta concordei em ser chamado de Don.

Comecei a descobrir alguma coisa naquela moça. Sua mente me parecia graciosa, interessante. Eu não queria admitir, mas, sem dúvida, ela era realmente um "pequeno Colombo". Tinha descoberto muitas coisas a meu respeito. Coisas que eu conhecia bem. Todavia, não tinha visto escritas.

Fiquei pensando: sua paixão por mim remonta dez anos

ou estaria explodindo agora? Mesmo que isso tivesse acontecido há dez anos, ela não poderia ter se apaixonado novamente? Mas que diabo de amor era esse? Recaída de gripe?

Que motivos teriam me impedido a dizer-lhe, naquela noite:

- Já que você não conhece Míconos, venha comigo. Eu vou mostrá-la a você. Pretendo ir depois de amanhã.

- Que ilha é aquela, Don?

- Mas, já disse. É Ghioura.

- Essa tem graça! Passamos por Ghioura há umas duas horas. Por onde você andava de novo, meu Don Quixote?

- Não sei onde andava. Contudo, sei que agora estou indo com você para Míconos, que você não conhece. E isso é muito perigoso.

- Como não conheço? Todo mundo conhece Míconos, me respondeu chateada.

- Muito boa! Míconos ser mais conhecida que a Grécia! O ano passado, quando eu estava em Nova Iorque comprando passagens da Olympic, ouvi uma americana perguntar à moça do guichê: "dear! A Grécia fica longe de Míconos?"

- E qual foi a resposta da moça?

- Nada. Eu disse...

- Coitada. Justo com quem!

- Não, não! Disse a ela que, sendo tão próxima, estão tentando a unificação da Grécia à mãe pátria Míconos. Prosseguindo a gozação afirmei que fatalmente a capital, juntamente com a Acrópole, seria transferida para Míconos. A americana ficou muito satisfeita e sugeriu a anexação do Vaticano a Míconos. Assim, enfatizou: "os turistas poderiam visitar, a um só tempo, a Acrópole, São Pedro e Pedro, o pelicano.

- Você é terrível, disse Marilena rindo. Que mal a americana te fez?

- Minha querida, quando saio da minha terra sinto-me o

mais grego dos gregos. Já, em minha terra sou grego até a saturação. Grego autêntico, xingando Deus e todo mundo. Vem agora você me dizer: "vou para Míconos". E eu, besta, me deixando influenciar a levo comigo. Sabe o que significa Míconos? Um horror!

- Don, se você não estiver completamente louco, está viajando com um mundo de demônios negros na cabeça.

- Nenhuma loucura e tampouco demônios. Míconos para quem não conhece é um horror. Você enlouquece. Por isso me recrimino. Estou sendo muito ingênuo conduzindo-a a Míconos pela primeira vez. Não a conheço. Nada sei sobre seus gostos. Se você gostar daquilo, como acontece com a maioria das pessoas normais, você vai estragar meu descanso. Irá me atormentar e se atormentar também. Você espera encontrar água, verdes vales e um mínimo de conforto, mas nada disso existe.

Ela me encarava com os olhos arregalados, denotando surpresa. Surpresa por não entender meu nervosismo e, acima de tudo, por não acreditar numa palavra minha.

- Como é possível nada existir na ilha se ela recebe meio milhão de turistas por ano?

- É porque o mundo está cheio de loucos que gostam de curtir os doidos radicados em Míconos.

Ela não compreendia e eu continuei meu discurso:

- Minha filha, é assim que posso explicar. Gente normal chega em Míconos e diz: "bonita ilha, mas, que diabo não tem nenhuma árvore?" Não, meus senhores. Na Grécia existem cinquenta ilhas com árvores e verde. Em Míconos, porém, não temos o verde. Já existiu. Tinha uma árvore verde... ano passado... Derrubaram este ano. Disseram que manchava a paisagem alva. Aqui as ruas, as casas, os muros, são caiadas duas vezes por semana. Como admitir algo verde em toda essa brancura?

Só agora me apercebo do erro cometido em fazê-la me

acompanhar a Míconos. O que ela poderia fazer aqui? Assumiu um ar esquisito, estranho. Sua inesgotável paciência neutralizava minhas explosões temperamentais. Tendo um gênio relativamente forte, não sei se reagiria tão passivamente, diante de outra pessoa.

Sempre com um meio sorriso de bondade e amor ela aceitava muitas coisas minhas. É isso aí. Por mais que o negasse era evidente o seu amor por mim, ainda que, em pequena dose.

Não sei o que procuro. Nada de novo ou original. E ela? Em que aventura estava se metendo. Eu não nasci para amar meninas de boa família.

- Você me falou tanto sobre o verde e eu gostaria se saber dos bens... que a ilha não tem.

- Com todo prazer...

- Olhe Don Quixote, não vá entrar no embalo – me interrompeu – Não diga que Míconos não tem metrô. Isso não me surpreenderá.

- Quem está falando em metrô? Garota. Eu vou falar da água. Águinha boa, da torneira, que Míconos não tem.

- O que? exclamou admirada.

- É, meu anjo, Míconos não tem água. Não falo em cachoeiras. Não existe mesmo é a água para saciar a sede ou para tomar banho.

Apesar do seu ar espantado, era notória sua descrença no que tinha escutado.

- Bem, não vamos exagerar. Quando o tempo permite os barcos trazem água de Atenas. Água Loutraki, em abundância, a quatro drachmas a garrafa. Perdão, a água custa seis drachmas. O leite é que custa quatro. A água de Loutraki, extraordinariamente potável, é excelente para o chuveiro. Com apenas três garrafas, ou seja, dezoito drachmas, você consegue um ótimo banho. A verdade, entretanto, é que em

Míconos não existe abastecimento de água.

Os três reservatórios, recém-construídos, estão ligados através de redes, a quase todas as casas da ilha. Nos terminais da rede existem torneiras, de bronze ou níquel que, quando abertas, levam até você um ventinho sibilante, muito agradável nos dias quentes. Algumas vezes a água aparece. No ano passado, entre 1º de maio e 15 de setembro, a torneira de minha casa pingou água oito vezes, durante uma hora inteira. Não estou exagerando. Afirmo com sinceridade que minha casa ficou completamente alagada.

Ela continuou me olhando e sorria sem acreditar. Eu estava sendo correto e comecei a me sentir aliviado pelas aberrações da ilha, em confronto com o mundo civilizado. Mas, afinal que responsabilidade me cabia se algumas coisas da ilha não fossem do seu agrado? A ilha não era minha!

Eu só disse uma coisa: "Vou para Míconos. Quer me acompanhar?" E ela, desde então, vivia esse sonho. Dormia e acordava com ele. Talvez, em meu íntimo, eu defendia a ilha para evitar que ela a criticasse. É possível que eu a estivesse prevenindo por essa razão. Quem sabe.

- O navio está balançando, Don.

- Sempre balança quando estamos chegando.

- Qual a razão, Don?

- Por causa do vento.

- Ai, eu não gosto de vento...

A essa altura pedi um uísque duplo e permaneci calado.

Tomei o último gole e, como se não tivesse ouvido direito, lhe perguntei:

- É verdade mesmo que você não gosta de vento?

- É. Por que? É tão terrível assim?

- Terrível não. Contudo, não deixa de ser trágico desgostar de vento quando se vai para Míconos.

- Não estou entendendo.

- Em Míconos venta, minha filha. Só venta.

- Como?

- Ventando, ora! Vento Beaufort, oito, nove, onze, sem fim. Enquanto nas outras ilhas sopra um ventinho do norte, aqui em Míconos temos vendaval e ciclone. Entendeu agora?

- Não. Não entendi.

Estava nervosa.

Procurei acalmá-la. Tinha judiado muito dela e sua expressão assustada era sincera. Temia, realmente, enfrentar o vento anunciado por mim.

- Olha, Marilena, Míconos é uma ilha e, como tal, tem dois lados: Norte e Sul. No lado Norte venta. Venta sempre. O mundo vem abaixo. O lado Sul é tranquilo. Ocorre, porém, que em Míconos tudo está situado no lado Norte, onde vivem as pessoas. Ali está a cidade, o porto, a vida.

Continuei explicando.

- O vento é contínuo, repito. Todavia, como é natural, sua intensidade sofre flutuações. Segundo os boletins publicados pela capitania dos portos, com a colaboração do Serviço de Metereologia, a força dos ventos é avaliada pelos estragos que eles fazem. Quando leva apenas as cadeiras de praia, é chamado de arrasta-cadeiras" e na escala Beaufort recebe o grau 7,5. Se levanta mesas, tem o nome de "arrasta-mesas", alcançando 8,5 pontos. Fazendo tocar os sinos das igrejas aí...

- Aí torna-se calamidade – resmungou Marilena.

Seus olhos revelavam a expressão da perplexidade, do medo. Ao mesmo tempo, mostravam uma espécie de alegria infantil.

- Não consigo entender por que a vida da ilha foi instalada onde reside a calamidade.

- Não é fácil entender. Aliás, é impossível. As perguntas

sobre o que acontece em Míconos, inclusive, devem ser evitadas. Seus habitantes são e sempre foram loucos. Malucos por causa do vento. O vento enlouquece. Você sabia?

- Mas onde estão as maravilhas de Míconos? As praias, os banhos, o ar, a paz.

- Essa Míconos está na parte Sul.

- E a que distância fica o Sul?

- Sete quilômetros, respondi. A informação pareceu tranquilizá-la.

- Tudo bem. Iremos nadar no lado Sul. Essa distância é insignificante.

- É verdade, concordei. De carro é um pulinho.

- Essa é boa! Por acaso eu teria insinuado uma caminhada a pé?

- Você não insinuou. Contudo é muito provável que isso venha a ocorrer.

- Ah, Don, retrucou indignada. Não vá me dizer que a ilha não tem carros.

A essa altura eu não sabia mais nada. Ou ela acreditava em mim ou entenderia um jogo meu para evitar que ela me acompanhasse.

Tomando outro uísque, procurei concatenar as ideias para explicar uma situação aparentemente tão simples, percorrer de carro uma extensão de sete quilômetros.

- Escute Marilena, eu não disse que não tem carro.

- Então é muito simples, disse ela.

- Simples? Retruquei irritado. Ir a pé será simples, apesar de que uma caminhada de catorze quilômetros (ida e volta) sob um sol escaldante, torna-se bastante desagradável. Quanto aos carros o problema é mais sério. Temos aproximadamente nove mil pessoas para nove taxis. Toda essa gente resolve ir à praia no período de dez horas ao meio dia. Fácil será verificar que apenas alguns felizardos conseguem apanhar um taxi.

A escolha dos passageiros não é feita ao acaso. Em Míconos, a tradição e a hierarquia merecem o maior respeito. Assim, dentro desses princípios, é atendido o transporte. Preferencialmente os lugares nos taxis são reservados para os compadres dos motoristas (eu batizei os filhos dos nove motoristas). A seguir vem o médico, o vigário e o prefeito, pela ordem, ficando em terceiro plano os descendentes de Mandó Mavrogenous. Finalmente o privilégio é estendido a Fouskis, Bikis, Apostolis e Kyriakos.

- E quem são esses? Perguntou Marilena, entre surpresa e preocupação. Se até certo ponto entendia o privilégio do compadre e do vigário, não conseguia, por outro lado, compreender a prioridade oferecida a aqueles quatro personagens.

Com alguma dificuldade procurei explicar-lhe que eles entravam em qualquer lugar porque eram brutos e violentos.

- E daí? Insistiu.

- Eles formam um bando. São valentes e sempre fazem o que bem entendem. Para os motoristas, atendê-los ou não, torna-se caso de vida ou morte. É claro que preferem sobreviver. Daí, o privilégio pela força. Entendeu agora?

- Sim. Porém, começo a ficar com medo. Tudo isso me parece muito perigoso.

- Deles não precisa ter medo.

- Por que?

- É gente minha.

- O que significa "gente minha"?

- Sou uma espécie de pai espiritual deles.

- Parabéns, meu querido, pelos "filhos espirituais". Mas, prossiga. Estou curiosa para saber quem mais está na fila para ir à praia e se eu terei vez.

- Não há razão para se preocupar. Estando comigo você tem duas opções: toma um taxi por causa do apadrinhamento e um outro por força da paternidade que o bando me atribui.

- Prefiro o taxi do apadrinhamento. Ainda não confio no bando.

- São bons meninos. Relaxe.

- Pela sua descrição, não me parecem tão inocentes.

- A bondade está dentro deles, lutando para sair. Não esqueça, porém, que são homens. Não podem passar o dia fazendo caridade.

- Não vamos exagerar, também... Estou ansiosa para saber quem vem depois.

- Normalmente entra Adonis, o surdo-mudo. É óbvio que ele não escuta o xingo dos outros. Depois entra o Lambros, o guarda. Ele merece a preferência por estar em serviço. Sua função é a de prender os nudistas apanhados em flagrante.

- Não me diga que em Míconos tem disso.

- A expressão "disso" se relaciona com os nudistas ou com o aspecto moral?

- Refiro-me a questão de moral.

- Você deve estar brincando. Míconos é a ilha mais recatada que existe e ponto final. Ela é considerada por muitos como a "cocota do Egeu". Saiba, ainda, que se alguém tivesse a intenção de dar-lhe um nome, com toda a honestidade, teria que denominá-la a "donzela do Egeu". Donzela com jeitinho de solteirona. A lei está em todo lugar. Os órgãos de vigilância são implacáveis, sempre prontos para punir qualquer ato condenável. Não admitem transgressões ou qualquer ato perturbador da serenidade da ilha. Nem mesmo anormalidades de caráter sexual, pois, como dizia, este ato...

- Opa, opa! Pare aí. Você me lembra prefeito do interior em campanha eleitoral.

Atenção! Atenção! Gritou o alto-falante do navio. Pedimos

aos senhores passageiros com destino a Míconos, que se preparem para o desembarque. O navio vai atracar dentro de dez minutos.

- Não diiiga! Exclamei em tom gozador.

- Por que essa ironia, homem de Deus! Vociferou Marilena, furiosa.

- Nada, nada. O termo "atracar" me deixou emocionado.

- Você gostaria mais de "chegamos"?

- Sim, o "chegamos" me parece mais apropriado.

- Não entendo, disse Marilena, visivelmente surpresa.

- Logo você vai entender o significado de "atracar", em Míconos.

Deixando nossos lugares procuramos apanhar as malas.

Eu ouvia o barulho das âncoras. O navio estava fundeando. Não consegui esconder um sorriso ao antever a reação de Marilena quando visse onde tínhamos atracado. Seu espanto não tardou.

Estávamos num corredor do navio que ligava à escada de desembarque. Marilena, entre o medo e a hesitação, observou que o navio estava parado a uma distância aproximada de uma e meia milha, do cais. Timidamente ela me perguntou:

- Não vai andar mais?

- Andar? Não lembra do anúncio do alto-falante: "atracar dentro de dez minutos"?

- Então, como vamos chegar ao porto?

Ondas violentas, espumantes, chocavam-se contra o navio, enquanto, num grande esforço, os barcos se aproximavam para nos conduzir à terra. Diante de meu sorriso irônico Marilena ficou possessa.

- Se você não está satisfeito com a vida e vem aqui no meio do inverno para se afogar, não pense que os outros são candidatos voluntários à morte por afogamento.

- Não exagere. Quem falou em morte? É assim que a gente se afoga?

Tentava acalmá-la, preocupado com a possibilidade dela resolver permanecer no navio. A essa altura, uma senhora gorducha, da periferia, tipo nova rica, provavelmente esposa de industrial, começou a se manifestar. Vestia um lindo terninho e parecia pronta para um acontecimento social que, até então, só tinha ouvido falar. Tomada pelo pânico, sacrificava todos os seus planos para brilhar na sociedade.

- Manolakis querido, eu não entro nessas canoinhas.

- Não são canoinhas, Sula, meu amor. São barcos grandes, com motor. Há anos que transportam gente para o cais e até agora ninguém se afogou.

- Não, não Manolakis. Veja como entram inteirinhas na água...

- Mas depois saem, minha querida.

O infeliz Manolakis, ostentando um enorme anel, parecia sufocado dentro daquele terno azul, tendo como complemento uma gravata de cetim.

- E se não saírem?

Até ali eu estava me divertindo com os dois. De repente me dei conta que aquela senhora, com seu histerismo, poderia contaminar até a Marilena, que já estava ficando meio influenciada.

Aflita, ela disse:

- Percebe o que a senhora está dizendo?

Com ar severo e usando toda a minha energia, resolvi liquidar a pendência.

- Ou a senhora entra no barco ou volta para a sua cabine para retornar a Pireus neste mesmo navio.

Manolakis não gostou do modo como tratei sua mulher e ameaçou me agredir. Arrependeu-se, porém, imediatamente, sabendo que brigar comigo só aumentaria seus problemas. Mudou de tática, aceitando minha intervenção. Quase implorou:

- Pois é, meu senhor, diga-lhe...

- Dizer o que, filho de Deus? Isso é hora de papo? Coloque sua patroa no barco, logo!

Humildes e obedientes como dois escolares, apanharam suas malas e foram para a escada. O mais engraçado é que Marilena também deixou de lado suas objeções e tomou a mesma direção.

O primeiro barco já tinha chegado e estava ao lado da escada. Com o balanço das ondas ora permanecia ao nível da amurada, ora a altura do último dos vinte e cinco degraus da escada.

Foi meio complicada a operação desembarque para acomodarmos a gorda senhora no barco. Ela escapou das mãos do seu marido, ficando suspensa entre as ondas e o barco. Felizmente Thodoris, que carregava as malas, conseguiu agarrá-la, e a colocou, sã e salva, na embarcação. Manolakis ficou fora ouvindo a gritaria da mulher, que não conseguia alcançar.

- Meu marido, meu marido, peguem-no, gente!

Ninguém entendia por que devíamos pegar tamanho marmanjo. Ele nos parecia homem suficiente para pular sozinho no barco. A cena lembrava a destruição de Smyrna, com mulheres e crianças correndo desnorteadas para embarcar em algum navio. Só faltava ouvirmos pelos alto-falantes, a música: "Mãe, Smyrna está em chamas!"

Finalmente Manolakis também entrou no barco e nós o seguimos tranquilamente.

O casal Manolakis-Sula, sentado na proa, acompanhava fielmente o balanço das ondas. O barco ia enchendo de gente, porém, não oferecia nenhum perigo, com possível sobrecarga. Os medrosos, entretanto, não escondiam a preocupação, o pessimismo.

Eu mentiria se dissesse que os marinheiros de Míconos, inclusive estes barqueiros, têm receio da violência destas ondas. Nem poderiam ter! Eles enfrentam o mar desde crianças e podem contar nos dedos quantas vezes viajaram com calmaria. O vento do norte e o mar grosso estão intimamente ligados à vida deles, nesta ilha.

Guardo bem vivo na memória um espetáculo selvagem, fascinante, que assisti há alguns anos, num fim de tarde. Sentado no cais, no único ponto protegido do vento e não lavado pelas ondas, eu via, ao longe, o caíque de mestre Yanni Madoupa lutando contra ondas assustadoras. Elas pareciam montanhas enraivecidas. O vento do norte, gelado e selvagem branqueava suas cristas e as arrastava consigo numa corrida louca. O caíque sumia completamente debaixo das ondas e da espuma, durante minutos inteiros. De repente ele emergia e subia ao topo de imensa onda, dando a impressão que ia sair da água. Lá no alto, leve, frágil, ficava à mercê do vento, parecendo, as vezes, estar voando. Demorou uma hora para vencer as duas milhas que o separavam do cais. Foi chegando lento, exausto, maltratado, até encostar perto do ponto onde eu me encontrava.

- Oi! Mestre Yanni. Seja benvindo! Disse eu.

- OI, OI, respondeu ele, com seu natural sorriso como se nada tivesse acontecido. Parecia estar regressando de um cruzeiro.

- Parece que vai acabar o mundo, falei para consola-lo, como se ele precisasse disso.

- Que! Isso aí é bonança.

Eu fiquei quieto, pois sabia que era assim mesmo. A luta com o mar era brincadeira. Um fim de mundo para aquela gente não passava de bonança.

Naquele instante vi dois marinheiros retirarem do porão do caíque, uma mulher. Estava lívida, molhada até os ossos e com um limão tampando sua boca. A mulher gemia alto.

- De que bonança está falando, mestre Yanni? E essa infeliz como ficou assim?

- Coisa atoa, estávamos segurando ela para o mar não levá-la.

CAPÍTULO 3

Marilena e eu sentamos na popa.

Ela observava temerosa toda aquela gente se amontoando. Eu olhava a agonia estampada no rosto de dona Sula, tendo ao seu lado o marido a consolá-la. A distância e o barulho me impediam de ouvir o que ela dizia.

Inesperadamente o medo de dona Sula superou seu auto-controle e ela explodiu num desabado histérico:

- Não deixem entrar mais gente no barco. Estamos nos afogando!

Tais coisas não podem ser ditas, nem mesmo de brincadeira, dentro de um barco com quarenta pessoas. Thodoris sentiu que não tinham muitas alternativas: ou aquela senhora calava a boca ou deixava o barco. Mas, sair como, do lugar onde ela se metera? Refletindo melhor, suspendeu a entrada de mais gente e recuperando seu bom humor, deu partida.

Ao longo do percurso, que durou dez minutos, dona Sula sincronizava seus sentimentos com o movimento das ondas.

Quando o barco subia na crista da onda ela gritava, ô, ô, ô! Quando ele afundava entre duas ondas, Sula suspirava aliviada, a, a, a!

Com esse fundo vocal em estilo de prima donna exercitando, alcançamos o cais e desembarcamos.

Eu esperava dona Sula beijar o chão ao pisar terra firme. Não aconteceu e mais uma vez me decepcionei com a ingratidão das mulheres.

Arrumou suas coisas, ajeitou o terninho e se rebolou toda para colocar suas carnes maltratadas nos devidos lugares. Tentou pentear-se, porém, o vento fez o que entendeu com seus cabelos. Puxando Manolakis pela manga, desapareceu procurando acomodações.

Marilena parecia feliz. O vento tinha jogado seus cabelos para trás e ela irradiava alegria e satisfação. Ficou ainda, surpresa e admirada pela recepção dada pelos meus amigos que estavam no porto me esperando.

Eu não conseguia entender aquela menina ou, pensando melhor, ela não queria me entender. Não me lembro de alguma vez ter falado a verdade para uma mulher.

Quando Marilena concordou em me acompanhar a Míconos eu disse a ela:

- Não quero que você alimente falsas esperanças a meu respeito para não sofrer uma desilusão trágica. Ela retrucou:

- Você tem um mundo dentro de si, mas, aparentemente vive num outro.

- É certo, concordei. Meu mundo interior é inabitado e até agora não apareceu ninguém para habitá-lo. Aliás, nem quero. Não procuro. Sou um solitário independente. Gosto de ver as pessoas somente enquanto as amo. Não quero que o amor de alguém tenha direitos sobre a minha pessoa.

Me chamou de egocêntrico e tive a impressão de estar ouvindo a repetição de um disco com os maiores sucessos. Se Marilena não acreditava em mim o problema era seu. Mais tarde eu não queria ter peso de consciência. Estava em minha companhia, voluntariamente. Mas, só andar ao meu lado não resolvia. Até quando ela suportaria essa situação?

Fomos diretos para a taverna de Apostolis.

As primeiras garrafas desapareceram junto com três porções de manjubinhas pescadas de manhã.

Daí começamos a contar histórias. As mesmas de sempre, repetidas anos a fio, mas, que provocavam hoje mais risos do que ontem. Marilena se divertia. Penetrava minha vida, enquanto minha vida se recusava a aceitá-la. O vinho me deixou tonto, trazendo à minha mente situações contraditórias.

Eu não nasci para aventuras que me envolvessem até a alma. Ela tentava me convencer que eu era um intelectual e que somente esse aspecto eu deveria projetar. Nesse ponto ela não deixava de ter razão. Ás vezes eu tinha minhas crises de intelecto. Nos outros momentos me tornava livre, indomável, negativo. Eu bebia sem medidas e não prestava conta dos meus atos para ninguém. Talvez ela não entendesse o que isso significava para mim. Duvido que mais alguém conseguisse entender.

Lhe contei a história de Thodora, que fundeava uma âncora de sua sacada para evitar que o vento carregasse sua casa. Depois se sentava tranquilamente para ler como se fosse o comandante de um navio atracado no porto. Eu gostava de dona Thodora. Admirava sua inteligência. Ela dominava inteiramente seus pensamentos. Já a mente de Marilena subjugava sua dona. Agora eu estava no meio da minha gente. Ia me divertir e beber sem limites. Depois arrombaria as portas para correr até o mar, à procura de ar puro. O que Marilena fazia ao meu lado? Ela me lembrava um termostato, tentando me manter numa temperatura estável e sob controle.

Empurrei a mesa e tudo voou longe.

Ela teve medo de mim. Vassilis se levantou e a levou para casa.

CAPÍTULO 4

No dia seguinte eu estava lendo naquele quartinho da casa, construído sobre o mar. A janela estava aberta e a brisa marinha arejava minha mente. Ela veio por trás e colocou suas mãos em meus ombros, se curvou e me beijou no rosto.

- Como está hoje, Capitão Mihalis?

Primeiro fui Don Quixote, depois Don Juan e agora Capitão Mihalis. Quanto ao futuro, só Deus sabe.

- Se ficar mais algum tempo comigo, seu repertório de nomes vai esgotar, Falei para ela de forma bem humorada. Eu mesmo estranhava meu estado de espírito naquela manhã. Estava ótimo. Talvez restasse ainda um pouco de bebida na minha cabeça. Ela me fez mais um café. Nem o café conseguiu acertar. Não acertava uma. Colocou tanto pó que passei o dia todo tremendo como se estivesse com a doença de Parkinson.

Precisava de um mergulho no mar para melhorar o meu estado de espírito.

- Vou para a praia.

- Eu também vou, disse Marilena, enquanto pegava a bolsa com uma roupa de praia.

Quando chegamos próximo a estátua de Mandô, viu uma fila com mais de cem pessoas e ficou apavorada.

- E agora? Perguntou.

- Agora, o que?

- Quero saber o que vai acontecer, ora!

Não respondi e continuei andando.

Nessa hora chegou o Nicolas com seu taxi. Veio direto em minha direção. Entramos rapidamente no carro e Nicolas deu a partida. Aí aconteceu algo inesperado.

Uma cabeça ruiva se enfiou pela janela e disse:

- Oi! Tudo bom com vocês? Podemos lhes fazer companhia nesse taxi?

Só o fato de pensar na companhia daquela gente já me provocou náuseas. E quem, em Míconos, poderia entrar em meu taxi sem que eu conhecesse? Dona Sula. Não poderia ser outra. Ela com seu terninho, arrastando Manolakis fantasiado de juiz da paz: terno de casimira cor de mel; gravata vermelha, de cetim; sapato de castor branco e preto, gênero Charles Boyer e meias brancas, de cano curto com elástico.

Antes mesmo de eu falar sim, os dois já estavam sentados ao lado de Nicolas. É óbvio que próximo a Nicolas sentou Manolakis, naturalmente para preservar a honra do lar. Seria um escândalo se numa curva mais fechada, o motorista encostasse nas carnes fofas e imaculadas de dona Sula.

- E estes aqui onde vão? Perguntou Nicolas em tom malcriado, se dirigindo a mim, como se eles não falassem grego.

- Não sei, respondi. Nós vamos para Psarou.

- O que é Psarou? Ouviu-se a voz de dona Sula, ecoando como se viesse de um pesadelo. Com a pergunta ela pretendia mostrar seu interesse turístico.

Antes que eu pudesse dar alguma resposta que fosse capaz de nos livrar daquele interrogatório embaraçoso, Nicolas vociferou:

- É a beira mar. Ele sabia em que sinuca estávamos.

A situação estava salva momentaneamente porque Sula apenas resmungou um "á, á, á" de anuência sem saber porém, o significado de beira mar. Nosso alívio não durou muito. Sula procurou em Marilena, seu novo alvo.

- Como arrumaram acomodações, senhorita?

Marilena estava certa de que a qualquer instante eu ou o Nicolas colocaríamos Sula fora do carro.

Nicolas antecipando-se a Marilena, esclareceu:

- Nós nos ajeitamos. E vocês?

- Ah! Foi terrível, exclamou Sula. Imaginem que andamos duas horas para encontrar um quarto.

- E encontraram? Perguntou Nicolas, demonstrando, mais uma vez, sua expressão inóspita.

- Se é que aquilo pode ser chamado de quarto, reclamou Sula, profundamente irritada.

- Tiveram sorte, disse Nicolas. A maioria volta com o primeiro navio.

Sula perdeu o jeito e a voz diante da indisfarçável falta de hospitalidade de Nicolas que, voltando-se para mim, ironizou:

- É isso aí. Os novatos têm sorte. Já na primeira noite encontraram quarto.

A essa altura Sula explodiu como um vulcão.

- E por que não deveríamos achar um quarto, hein? Faça o favor. Por que somos novatos?

- Porque é a primeira vez que vêm a Míconos.

- E como você sabe disso? Rugiu ela.

- Se vocês tivessem vindo anteriormente, o patrão aí (indicando o pobre Manolakis) não estaria usando roupa da primeira comunhão, pronto para uma excursão ao seu escritório.

Achei oportuno interferir porque Nicolas estava disposto a fazê-los saltar ali mesmo ou mandá-los de volta com o primeiro navio.

- E onde encontraram alojamento, dona Sula?

- Ah! Como posso explicar... e virando-se para o marido:

- Que rua era mesmo, Manolakis? Ao ouvir "que rua", Nicolas quase nos jogou numa valeta. Soltou o volante, puxou o breque e começou a rir adoidado...

- É rua Stadiou... rua Stadiou... gritava.

- Deixa pra lá, Nicolas, interrompi. Como a coitada vai saber que a ilha não tem ruas!

- Oh meu! Ao invés de agradecer a Nossa Senhora por ter conseguido um lugar para esticar o corpo, fica nessa de saber se está localizado numa rua chique ou não.

- Espere ai, protestou Sula extremamente enervada. É tão espantoso assim a gente achar um quarto?

- É, afirmei com ar sisudo. Dando, ainda, a impressão de um professor ministrando curso sobre turismo, prossegui:

- Minha cara senhora! Nossa pátria almeja se tornar o primeiro país da Europa em matéria de turismo, sabendo que a grande maioria dos estrangeiros sonha em molhar seus pés em nossas águas de um azul maravilhoso. O país inteiro dispõe de cem mil camas destinadas aos turistas. Esteja onde estiver – até mesmo no Dedeagats – como se diz, a senhora terá uma cama. Desse total Míconos – considerado o principal centro turístico da Grécia – recebeu vinte e quatro camas para o Hotel Litó e sessenta e cinco para o Hotel Xenia, somando oitenta e nove. Vamos arredondar paixão para noventa camas, à título de gratidão. Certamente se dividirmos os trezentos mil turistas, que desembarcaram em Míconos durante todo o verão, pelas noventa camas, caberá a cada um cerca de três minutos e meio de sono por dia. Tempo, sem dúvida, mais do que suficiente se levarmos em conta que ninguém veio pra cá para dormir. Se quisessem dormir não deveriam sair de suas casas. Eles querem se lavar, tomar banho... Água é que não falta! Água do mar, claro... Naturalmente existe a iniciativa privada que quase sempre salva a situação. No verão, cada casa de Míconos, se transforma num pequeno "Hilton". Elas são conhecidas por "Anoussó Hilton", "Erató Hilton", "Evgenoula Hilton", e por aí vai..

Dona Sula, com os olhos arregalados, ouvia atentamente. Manolakis se mantinha calado, sem gesticular, enquanto Nicolas permanecia indiferente. Continuei a explanação:

- Vocês ainda não passaram pelas ruelas onde as senhoras que mencionei ficam sentadas? É uma pena! Plantadas diante de seus portões, parecendo porteiros dos grandes hotéis, elas gritam em inglês, quando passa algum estrangeiro: "Quer "sleep" o cara? Se ele disser sim, elas dão as boas-vindas, dizendo: "Entra aí desgraçado. Vai deitá, vai. Cê parece que tá cum quebrante".

Naturalmente existem também as igrejas, num total de trezentas e setenta e duas. Exatamente o mesmo número de "boutiques" da ilha. No mês de agosto, quando surgem os problemas de hospedagem, as igrejas recebem os turistas mais religiosos. Só com o cheiro do incenso eles ficam tomados por profunda emoção mística.

Já tínhamos chegado a Psarou e antes mesmo que eu pudesse observar a reação de Sula, diante do meu discurso, Nicolas, com sua "esmerada educação" anunciou:

- Anda, cai fora. Chegamos!

Manolakis quis pagar, porém, Nicolas, "delicadamente" recusou:

- Larga mão, sua raia, tá tudo joia... Raia é um peixe viscoso, de cabeça chata e barriga larga, excelente para sopa.

Marilena franziu seus olhos numa reação de civilidade, iniciando, quem sabe, um movimento em defesa dos fracos.

Mas, onde estão os fracos?

Dona Sula se considerava e de fato era mais forte que todos nós. Ela poderia nos comprar só com os trocados que carregava no bolso. Não precisaria nem de mexer nas inúmeras bolsas de plástico que transportava. Quanto a sua auto-confiança era maior que a de Catarina, a Grande. Quais fracos despertavam a preocupação de Marilena? Talvez aqueles que não podia perceber o quanto eram fracos. Aqueles que demonstravam tanta insegurança diante da surpreendente e primitiva valentia de Nicolas.

A confiança e a segurança de Sula eram apoiadas pelo terno cor de mel de Manolakis e pelo conteúdo do seu bolso, cujo forro, também, tinha cor de mel. Por sua vez, Manolakis sentia-se o rei da Babilônia ao lado do terninho de sua senhora, que havia sido confeccionado numa casa de "nouveautés" de forma a envolver, elegantemente, suas carnes disformes.

CAPÍTULO 5

Em Psarou existem dois restaurantes: um chique e outro popular. Mandamos o casal para o primeiro para se misturarem com gente de sua classe. Nós e Nicolas, fomos para o segundo. Descemos uma ladeirinha atrás de um canavial e alcançamos a taverna de pescadores de Kaliope.

Sentados na varandinha, coberta e elevada, podíamos avistar, além do canavial, a linda enseada de Psarou. Bem a nossa frente avistamos assentadas sobre as rochas,e duas ou três casinhas muito alvas com seus arcos característicos. O sol de meio dia, com sua luz ofuscante, aumentava aquele branco.

Estávamos tomando o primeiro ouzo(bebida) e Marilena fazia observações em tom de reprimenda:

- Que culpa tinha a mulher pra vocês a maltratarem daquela forma?

- Não me leve a mal, coração, interferiu Nicolas. Mas, que culpa tínhamos nós? Fiquei até com o estômago embrulhado.

- Percebi, disse Marilena ironicamente. Nem beber você consegue. O que a mulher disse pra embrulhar seu estômago?

- Só faltava ela falar, né coração. Era a água de cheiro que ela usava. Aquilo me embrulhou...

- Nicolas tem razão, completei. Eu também fiquei enjoado.

- Vocês não têm vergonha na cara, disse Marilena furiosa. Vivem o dia todo com o bafo de ouzo e ficam incomodados com a colônia da coitada.

Bem naquele momento e por estranha coincidência, Kaliope trouxe uma segunda garrafa de ouzo acompanhada de "tzatziki", "copanisti" e cebolinhas verdes. O ar ficou perfumado. Imagine se estivéssemos num recinto fechado. Tudo isso foi motivo para Marilena continuar atacando.

- Coitadinhos! Ficaram tontos com o cheiro da colônia. Mas, com tanto ouzo dentro de seus bofes, nem precisam mais de anestesia.

Kaliope, que tinha sentado à nossa mesa, ouvia tudo e de vez em quando se manisfestava:

- É bom falar, coração. Você ainda não viu nada... Não viu quando todos eles se juntam. Mas, não se preocupe, logo logo todos estarão aqui.

- Já os vi. Vi todos eles ontem à noite, disse Marilena com tristeza.

Eu me perguntava a razão dessa tristeza de Marilena sempre que falava da gente. Quando nos juntávamos para beber sentíamos que ali começava e terminava a alegria da vida. Mas, isso não acontecia conosco. Era diferente. Acredito que Marilena sentia a sensação de perder o controle absoluto sobre o meu ego, nas horas em que eu bebia ou estava em companhia de outros. Ego que ela considerava propriedade sua. Essa era a impressão que eu tinha. Cheguei a conclusão que minha pequena Marilena não diferia das outras. Era, também, uma espécie de proprietária, com direitos adquiridos através de um contrato imaginário, que não firmei.

- Agora você vai conhecê-los melhor, continuou Kaliope. Parece que o dia deles inicia agora. Ainda resta muito tempo para beberem.

Parou um instante, olhou para o mar e, em seguida, gritou:

- Olha aí!

- O que? Disse Marilena surpresa e preocupada.

- Estão chegando os piratas, respondeu Kaliope apontando com o dedo, uma embarcação a vela que balançava nas ondas, tentando entrar na enseada, de viés. Marilena riu.

- é nessa coisinha que estão chegando os corsários?

- Espera, coração. Quando vir o que tem dentro dessa coisinha vai se arrepiar.

Nicolas e eu sabíamos quem vinha. Só não sabíamos de onde procedia, entrando por essa parte da ilha.

Se eu considerava Marilena proprietária ilegal do meu ego, não é menos verdade que eu a tinha como propriedade. Gostava de mandar nela, principalmente em Míconos, onde tudo que ela aprendeu se devia a mim. Meu egoísmo me fazia vê-la completamente desnorteada longe de minha influência. Acho que ela mesma me fazia sentir assim. Era muito viva. Alcançava as coisas muito antes de mim. Era perigosamente inteligente. Esse era o único meio de que dispunha para me agradar.

O barco já tinha chegado na praia fronteiriça ao canavial e logo abaixo da taverninha. O desembarque dos seis ocupantes mais parecia uma paródia de um mini Exodus.

O primeiro a saltar foi Athanassis, dono do barco, apelidado de "Oui" por ser essa única palavra francesa que conhecia e que usava constantemente quando alugava seu barco a turistas estrangeiros.

Independentemente do sentido afirmativo da palavra, ele vivia discordando deles.

Em seguida saltou Billis, dono de uma cadeia de casas noturnas: "Billy's 1", "Billy's 2", etc. Dispunha, também, de uma pocilga com quarenta porcas.

Depois saiu Apostolis, o alto sócio de Billis, que exercia atividade diurna em sua barbearia dotada de apenas uma poltrona.

O quarto, Konstandis, nem saiu. Foi arrancado do barco. Era empresário ao ar livre, tipo mascate. Trazia as mercadorias pregadas em suas roupas: "Kombolois", crucifixos, isqueiros de pavio e muitos outros artigos para turistas. Um anúncio em suas costas indicava: "Empreendimentos Turísticos – Sede Míconos – Grécia".

Konstandis ostentava um recorde bastante original que até então ninguém tinha conseguido bater. Nestes últimos quarenta anos Konstandis tinha bebido em Míconos muito mais que todos os habitantes das Cyclades ingeriram juntos. Era, assim, compreensível que não pudesse sair sozinho do barco.

A seguir deixou o barco o melhor ex-alfaiate da ilha, Kyriakos, aposentado há três anos. Segundo ele, "quando alguém trabalha com a agulha precisa de uma vida inteira para descansar".

Por último saltou Fouskis e amarrou o barco. Este é uma figura rara de marinheiro. Dizem que os habitantes de Míconos são excelentes marinheiros mas não sabem nadar. Fouskis, ao contrário, é capaz de nadar por todos eles. Depois que come bem e toma seu garrafão de vinho, volta para casa nadando. Ele fala que cansa ir andando. Mas a taverna não pode estar a mais de duas ou três milhas marítimas da casa.

A idade deles, com exceção de Konstandis, varia entre trinta e quarenta anos. A de Konstandis ninguém sabe calcular.

Marilena ficou olhando. Eles se dirigiram para a taverninha, mostrando um jeito de conquistadores, e ela tentava analisá-los.

E pareciam mesmo ter conquistado o mundo. Sobre isso não pairavam dúvidas. E, afinal, o que seria o mundo? Eles tinham de tudo. Em primeiro lugar a terra. Não tinham conquistado a terra? A ilha não era deles? E os corações das pessoas? Esses, também, eles tinham conquistado. De todo mundo. Quem não respeitava suas mãos fortes e habilidosas? E quem jamais negou que eram bons chefes de família? Mas, o vinho era vinho. A festa era festa e a valentia era valentia. Uma valentia sem limites.

O mar sempre lhes pertenceu. Eles o subjugaram, desde o tempo de crianças. Era a segunda mãe deles.

Quando eram pequenos, o mar os refrescava, os embalava e brincava com eles. Tirava de suas entranhas os alimentos para eles. Agora, crescidos, eles recebem do mar as delícias que acompanham seu copo de vinho. Eles comandam o mar, viajam nele, falam com ele. O mar os atende submisso. Ele e os marinheiros se conhecem muito bem.

Quanto a Deus, é negado pelos valentes. E entre nós 2, Deus só é lembrado na necessidade e no medo. É isso aí.

Qual o rico que teria dito: "o pão nosso de cada dia, dai-nos Senhor"? Pra que? O que fará com o pão, se o bolo resolve? Não há perigo de faltar.

É assim, também, com o valente. Por que dizer "me ajuda minha Nossa" se não precisa da ajuda de ninguém? Ele se arruma sozinho. O muito que poderá dizer será: "Graças a Deus", para ser generoso.

Finalmente chegaram na taverninha. Billis tinha enrolado no braço direito um polvo ainda vivo. Com dois dedos apertava a garganta do bicho. Mas, o polvo não morria... Debatia e se enrolava ainda mais em seu braço.

Que homem sádico, disse Marilena. Por que não o mata logo?

Billis riu, mas ficou comovido com a expressão de tristeza estampada no rosto de Marilena. Desenrolou, com dificuldade, o polvo de seu braço, agarrou todos os seus tentáculos e o mordeu bem no meio do pescoço. Cuspiu no chão o pedaço que ficou em sua boca e olhou para Marilena esperando por um elogio pela boa ação praticada.

- Já que o polvo sossegou, sossega você também, meu anjo e toma seu vinho.

Ela tomou um gole, e entre alívio e enjoo, esboçou um sorriso.

Kaliope levou o polvo para assá-lo na brasa. Athanassis trazia uma sacola com ouriços do mar e pinhas marinhas que abriu com rapidez e destreza.

A comida era saboreada com alguns goles de vinho para amenizar o gosto do iodo e do limão. As pinhas, abertas ao meio, com seu conteúdo dentro da metade da ostra, nadavam no óleo.

- Ah! O que é este camarãozinho vivo? Exclamou Marilena ao ver Athanassis abrindo uma grande pinha.

- Ó "comando" (vigia), respondeu, como se ela fosse filha de pescador e tivesse a obrigação de saber.

- Como assim?

Apostolis se encarregou de explicar.

- A pinha, meu anjo, é esta grande ostra que você está vendo e vive fincada no fundo do mar. Quando quer comer, ela abre sua ostra como uma boca. Isso é perigoso porque a pinha não tem olhos e se um siri entrar em sua boca, vai comer suas tripas. Por isso ela mantém em suas entranhas este camarãozinho, que ao pressentir o perigo, morde sua barriga e esta se fecha rapidamente.

Marilena ficou admirada com a previdência da natureza.

- Se a gente tivesse, também, um camarãozinho para nos proteger, monologou com tristeza.

- Do jeito que somos, acabaríamos comendo o camarãozinho, também, filosofou Athanassis e seguiu abrindo os ouriços.

A mesa ficou parecendo balão de pescador. Ouriços,

presas de siris, pinhas e por cima de tudo, os tentáculos do polvo, assados na brasa, trazidos por Kaliope. Um genuíno banquete marítimo.

Pensei que naquela hora dona Sula, no outro restaurante, teria pedido um supremo de frango e senti náuseas.

Konstandis, o "filósofo alcoólatra", como eu o chamava, estava aumentando seu tom.

- Tudo bem com aquele "alcoólatra", mas pra que o filósofo? Protestava ele.

Konstandis era um verdadeiro filósofo. Tinha filosofado a própria vida como ninguém.

Basicamente ele passou sua vida em duas ilhas: Míconos, onde nasceu e Ghioura, onde fatalmente ia parar toda vez que entrava em algum negócio. Permanecia ali, algumas vezes, dois anos, noutras três e ainda em outras, pequenos períodos. Esses negócios tinham sempre um fim trágico. Contudo, enquanto se efetivavam eram incrivelmente divertidos.

Um de seus negócios mais imaginativos era um grupo teatral ambulante que fazia representações nas ilhas Cyclades, no coração do inverno. Tudo corria bem até aquela noite, em Tinos. O teatro estava lotado. O povo tinha pago e aguardava o espetáculo. Contudo, ninguém assistiu a nada. O grupo tinha se dissolvido, mas Konstandis não teve coragem de suspender a apresentação. Ele, entretanto, se esqueceu que Tinos era uma ilha e que no inverno chegavam apenas dois navios por semana. Era uma noite de sábado. Não tinha navio. Foi fácil localizarem Konstandis com o caixa do teatro no bolso. Acabou sendo transportado de graça para a ilha vizinha que é Ghioura.

Konstandis se orgulhava de ter sido um dos primeiros moradores das prisões de Ghioura. Dizia ter recebido um convite para as suas inaugurações. Gostava muito de contar essas histórias e o fazia com graça e talento.

Marilena ouvia com admiração e respeito, se impressionando com a coragem dele e sua maneira de enfrentar a vida.

Todas as vezes que arriscava, Konstandis tinha certeza de acabar na prisão. Todavia, se sentia constrangido se não corresse esse risco.

- Quer que eu me envergonhe depois, por não ter arriscado?

Ficou mais admirada ainda, quando soube que Konstandis tinha decorado toda a obra de Seferis, enquanto esteve em Ghioura.

- O que combinava comigo, disse-lhe Konstandis, conformado. Naquelas horas intermináveis da prisão eu recitava os versos de Seferis: "com que coragem, com quê fôlego. Que desejos e que paixão começamos nossa vida, errado e mudamos de vida".

- É, você não começou nada certo na sua vida, mas, também, não mudou, comentou rindo, Nicolas, o pescador, marido de Kaliope que tinha acabado de chegar.

- Vai cuidar da tua "scorpina", analfabeto, retrucou Konstandis. Você não é dos nossos.

- Certo, dona? Falou Konstandis para Marilena, ansioso em contar com o seu apoio.

- Certo de que?

- Que começamos a vida errado.

- Você tem razão, como quer que tenha começado sua vida... Onde você não tem razão e também está errado é com relação ao que o poeta quis dizer.

Pronto! Taí! Disse Konstandis. Fiquei estudando Seferis por oito anos em Ghioura, e agora a senhorita vira tudo de cabeça para baixo. O que o poeta quis dizer se não disse "começamos nossa vida errado"?

Marilena estava entusiasmada por ter encontrado um filósofo na turma, com quem pudesse discutir.

- O poema diz: "Com que coragem, que fôlego, que desejos e que paixão partimos para a vida". Aí, meu querido, o poeta colocou o ponto e vírgula para continuar: "Errado! (veja o ponto de exclamação) E mudamos de vida." E não: "partimos para a vida errado". Entendeu agora o que ele quis dizer?

Não sei se Konstandis entendeu ou se concordava com o poeta. O que lhe convinha era "partimos para a vida errado". E agora vinha Marilena, oito anos depois, mudar tudo. Ele tinha construído toda uma vida, a sua vida, sobre aquela frase. Tomou, num só gole, o copo cheio de vinho para se refazer daquele "choque filológico" que acabava de sofrer. Num gesto meio moleque, introduziu um tentáculo de polvo na boca de Marilena para interrompê-la.

- Me diga agora, onde que a senhorita põe a vírgula. Antes ou depois do ou?

- Justamente, disse-lhe Marilena engolindo metade do tentáculo do polvo, colocaria a vírgula ali onde convinha ao guerreiro encarregado de receber o oráculo de Pithia.

- Aham. A mim convém tirar aquele ponto e vírgula, exclamou. Satisfeito com sua vitória literária e esvaziou outro copo de vinho.

Marilena deu uma gostosa gargalhada e admitiu que a prisão não representava algo tão terrível. Onde seria possível Konstandis aprender tudo aquilo se não tivesse a ajuda de Deus, mantendo-o em Ghioura durante oito anos?

Konstandis acabou admitindo que Marilena também era dos nossos.

As garrafas se esvaziavam rapidamente. O ar marinho purificava nossas entranhas. A serenidade infinita que sentíamos, a beleza da paisagem e aquele gosto de sal, produziam em nossas mentes, ligeiramente aturdidas, os mais lindos sonhos. Esses sonhos, entretanto, não poderiam ser mais bonitos que os que estávamos vivendo naquele exato momento.

O ambiente tolo parecia um cenário, um palco. Dentro

dele nossa turma tomava um aspecto diferente, completando um espetáculo de rara beleza.

- A turma é como geleia, disse Apostolis, com ares de Sócrates. Precisa de atingir o ponto e pra isso é necessário vinho.

Às vezes nossa turma se enriquecia com algumas joias filosóficas. Nessas ocasiões tínhamos a impressão de estarmos na Espanha, no período anterior a guerra, na famosa "Estância de Mehias", onde se reuniam Lorca, Picasso, Dali e outros, para trocarem ideias.

Realmente esta menina é insensata. Inoportuna. No exato momento que eu estava sentindo a beleza da terra me rodeando e descobrindo a razão de ser de tudo, e pensando até em me sacrificar para poder viver nesta ilha... nesse momento...

- Vamos dar uma volta até a praia para conversar? Me convidou Marilena, de repente e de modo quase infantil.

O impacto de suas palavras foi como um banho gelado, que me fez acordar. Sair do sonho e voltar pra realidade.

Pelo olhar dos outros companheiros percebi que eles tinham me entendido.

- Desse jeito você não dura muito com ele, sentenciou Athanassis. E xingando o ouriço que picou seu dedo, completou:

- Agora ele fundeou aqui e não tem santo que o tire.

Estava acontecendo o que eu temia. Mesmo eu não admitindo, Marilena talvez não estivesse apaixonada por mim. Contudo, era notótio que sentia alguma coisa. Se nada sentia, pelo menos, revelava algo que me irritava em todas as mulheres. Estava constantemente em outra. Afinal, o que ela pretendia? Me tirar dali onde a vida me oferecia coisas tão lindas? Eu tinha o ar fresco que gelava o meu vinho, um punhado de gente ao meu lado, um oceano me separando da tirania da cidade e longe da tecnologia de nossa época. Me tirar dali, onde meu tempo era medido pela luz do Sol! Onde o fim do mundo, para mim, acontece quando se juntam Céu e Mar! Me tirar dali para conversar! Falar o que? "Strati, você me ama? Por que não olha para mim?"

Não! Não! Como é possível viverem comigo pessoas de um outro mundo, que não estão com nada?

Nicolas se levantou e decidiu ir trabalhar. As palavras de Marilena fizeram com que ele voltasse para a realidade.

Tinha se afastado alguns passos quando tive a ideia de gritar:

- Não esqueça de levar dona Sula com você.

Ele riu e continuou seu caminho.

Não sei por que Marilena me perguntou, naquele momento:

- Por que você bebe tanto, Strati?

Eu respondia evasivamente a perguntas dessa natureza para evitar a insistência.

- Quando bebo, converso com o mar e ele me diz coisas que você não sabe dizer.

Estava anoitecendo. O Sol saiu de cima de nós e estava se pondo por detrás do promontório. As cores agora eram diferentes. O mar, também, estava tranquilo e parecia um imenso lago, cujas margens tocavam as montanhas de Paros e Naxos, pintadas de vermelho pelo crepúsculo.

- Vamos para casa, pela costa? Disse alguém e todos concordaram.

O vinho nos deu sono. No barco cantávamos deitados. O corpo de Marilena, ao meu lado, vibrava ao som do motor. Logo que nos afastamos do cabo, Athanassis desligou o motor e se fez silêncio no mar. Içou duas velas e o ventinho que soprava fora do cabo nos levou, bem devagar, ao porto da "capital".

Devo ter dormido no mínimo uma hora. Quando acordei estávamos nos aproximando do porto e Athanassis estava religando o motor para alcançarmos o cais.

- Quantos dias assim, existem na vida de um homem? Disse Marilena serena e feliz enquanto nos aproximávamos do porto.

- Existem muitos, respondi. Mas só em Míconos e exclusivamente para aqueles que conseguem captar com perfeição e sem nenhuma influência, o sentido da vida. São aqueles que desenrolam o novelo da felicidade e o reduzem a um barbantinho simples e curto. A felicidade é uma coisa simples, sem emaranhados. Não precisa de muitas coisas, nem de artifícios. Diariamente chegam à ilha iates brancos e você diz: "Devem ser felizes as pessoas que estão dentro deles". Que nada! Só os mastros e os marinheiros são felizes. Quanto as pessoas, creio que lhes faltam muitas coisas para serem felizes, mesmo estando dentro de iates como aqueles. E ali, quando em algum instante, sentem a felicidade, inventam situações especiais para interromperem o sonho, forçando a volta pra dura realidade. Ao invés de tentarem se libertar dessa realidade, eles lutam para alimentá-la... só para se martirizarem.

- Como assim?

- Explico: dentro desses maravilhosos iates existe um aparelho chamado rádio. É ao lado dele que aquela gente passa seus dias. Dias que deveriam ser a imagem da felicidade. Aquelas pessoas têm duas mãos. Com a direita seguram o fone e com a esquerda um "Bloody Mary". Pela direita lhes chegam as más notícias do escritório, da fábrica, da Bolsa, etc. Com o uso da esquerda tomam, em intervalos regulares, dois goles para apagarem as más notícias trazidas pela outra mão.

Marilena riu.

- Logo que os homens soltam o aparelho ele é agarrado pela madame. Aí a conversa gira em torno dos problemas de casa: as crianças, a professora, as empregadas, o jardineiro, o motorista e tudo mais que se relacione com um feliz bem estar econômico. Depois chega a vez dos convidados. Eles também deve usá-lo para os seus problemas pessoais, até o rádio pegar fogo.

- E quando estragar?

- Aí começa o drama da felicidade destruída. Se não for consertado – às vezes é difícil – o cruzeiro é interrompido. Passam momentos de tensão até chegarem em casa e entrarem em contato direto com seus felizes problemas. Daria minha mão direita para Deus não me fazer feliz com iates, motoristas, jardineiros e ações. Sabe o que Konstandis diz quando vê esses barcos navegando? "Lá vem mais uma infelicidade vestida de branco".

CAPÍTULO 6

Os dias passavam felizes, ao lado de Marilena, numa simplicidade sem iates. Pescávamos, bebíamos com o bando, emitíamos sentenças filosóficas e fazíamos Marilena rebater os pontos de vista de Konstandis, a respeito de Seferis.

Por fim, Konstandis acabou apreciando ainda mais a Seferis e Marilena se familiarizou completamente com as narrativas sobre as prisões de Ghioura.

Meu relacionamento sentimental com Marilena não fez nenhum progresso. Ou melhor, eu não progredi. Ela parecia estar apaixonada por mim de maneira perigosa, quase neurótica.

Imagino que o fato de não dormir com ela influía muito. Por que? Não sei. Não conseguia. Sua companhia me agradava, porém, sexualmente não me dizia nada. Eu não queria saber.

Com o passar dos dias, a volta para casa, à noite, se tornou angustiante. Eu me sentia obrigado a dormir com ela, mas, não suportava a ideia. Na maioria das vezes eu apresentava desculpas comuns e infantis. Quando ela estava com sono eu dizia: "pode ir dormir. Eu vou ficar". Se ela estava disposta e pretendia permanecer acordada até tarde para beber e conversar, o sono me vinha de repente e eu ia dormir.

Inconscientemente eu tinha provocado em Marilena uma espécie de psicose. Isso me incomodava e me fazia sentir remorso, embora eu tivesse feito a ela nenhuma promessa. Ela quis conhecer Míconos. Eu a trouxe comigo e a hospedei. Em casos semelhantes, as consequências são inevitáveis, por força das circunstâncias. Todavia, como tenho repetido várias vezes, eu nada faço obrigado, nem mesmo por força das circunstâncias.

A situação continuou inalterada enquanto os dias passavam. Era estranho, ainda, eu não saber quase nada sobre a vida de Marilena. Do seu passado, da sua infância. Ela vinha de uma família burguesa, aparentemente, sem muitos problemas.

Completada a faculdade, ela escreveu um livro que fez sucesso. Eu sentia não ter esse livro comigo. Poderia aprender muito ao reler trechos onde descrevia sua principal personagem. Eu tentava rememorá-los e com essas vagas lembranças procurava identificá-la com a heroína da história. Se bem que aquela figura apresentava sinais de neurose. E o título? Ele revelava muitas coisas: "O Excomungado". É preciso chegar ao limite para se considerar alguém excomungado. Não é assim sem mais nem menos que alguém emprega tal vocábulo. Muito menos se escreve um livro a esse respeito.

É possível que eu tivesse culpa desta situação. Talvez eu estivesse alimentando nela, esperanças de que um dia poderia fazer parte da minha vida. Quem sabe, dentro de minha indiferença, eu esteja pensando: "vamos dar tempo ao tempo" sem me preocupar com o perigo que isso representa para uma menina como Marilena.

Estávamos juntos há quase três semanas, em Míconos, levando uma vida cheia de sol e mar, inteiramente despreocupados.

Naquele dia saímos cedo para pescar e voltamos para

casa lá pelas cinco. Cansado pelo calor e pelo vinho cai na cama como uma pedra. Devo ter dormido muitas horas porque quando acordei e saí, já estava escuro. Marilena já tinha saído. Provavelmente estava comendo e bebendo por aí.

Podia até ser meia noite. Eu tinha perdido a noção do tempo. Senti fome e me dirigi ao restaurante de Fouskis, "Os três poços". Com certeza era meia noite porque encontrei na rua o "Mister Fossa" esvaziando um esgoto. Os esgotos em Míconos são esvaziados a partir de meia noite. Esse trabalho é feito por "Mister Fossa" que recebeu o apelido por força da própria atribuição: lidar com fossas.

Cheguei no restaurante e o encontrei praticamente vazio. Dois ou três bêbados ocupavam uma mesa, dando a impressão de que estavam jantando. Na realidade, apenas bebiam.

Escolhi uma mesa e logo me serviram feijão gigante e meia garrafa de vinho. Um dos bêbados me mandou mais vinho e seu companheiro me presenteou com meio siri. Aí entrou Mimis para fazer o habitual exame de documentos.

Mimis! O mais simpático e o mais louco seguidor da lei, da ilha. Se não examinasse diariamente nossas identidades, não conseguiria dormir. Quando algum suspeito escapava ao seu controle, Mimis não conciliava o sono. Por sorte ele sentou comigo apenas cinco minutos, o tempo suficiente para me livrar de mais uma rodada de vinho. Depois da bebedeira do almoço eu estava saturado.

- Passou por aqui a "tal", a tua fulana, com outra moça e jantaram, me avisou Babis, o garçon. Me senti aliviado. Que sorte! Não encontrou outra companhia, pensei.

Fui andando em direção ao bar do Billis. Cada ruela e cada esquina me ofereciam lembranças. Tudo familiar e tudo sempre muito alvo.

É interessante. À noite, tudo ficava mais branco que durante o dia. Mesmo quando, a meia noite, desligavam a energia elétrica (antes da instalação da Companhia de Eletricidade) e a ilha mergulhava na escuridão. Ainda assim, dava para enxergar reflexos dos muros brancos. E quando havia lua, então...

Nenhum iluminador de teatro, de qualquer parte do mundo, conseguiu e jamais conseguirá criar a luz da lua sobre Míconos. É impossível imaginá-la.

Muita gente que conhece minha vida me pergunta se já me apaixonei alguma vez.

- Sim, respondo... por Míconos.

Já ouvia a música do bar do Billis, quando parei. Parei numa esquina, relembrando algo. Nessa esquina existia a casa de Faró, que morreu há muitos anos. Me lembrava da história. Exatamente nesta esquina Faró colocava seu vaso noturno, às dez horas, quando ia dormir. Entre duas e três da manhã, ela se levantava para fazer suas necessidades. Recolhia o vaso, usava e o recolocava fora da porta. Mais tarde passava "Mister Fossa" e o esvaziava. Naquela época Míconos não era dotada de esgoto.

Certa noite eu passava por ali, com meus amigos, todos nós muito jovens. Brincávamos de fantasmas, quando vimos o vaso de Faró. Numa espécie de transmissão de pensamento, a mesma ideia ocorreu a todo o grupo: zoar com Faró. Aliás, essa não seria a primeira vez. Tínhamos prazer em mexer com ela. Que Deus a tenha!

Em cinco minutos juntamos todo o bicarbonato encontrado em nossas casas. Dois punhados bem grandes que despejamos no vaso de Faró. Nos escondemos nas proximidades, aguardando Faró se levantar para urinar. Como a sorte favorece os crápulas, não precisamos esperar muito. Naquela noite ela levantou mais cedo. Levou o vaso para dentro. Aí aconteceu uma coisa fantástica, pra nós. Muito além da nossa expectativa. Um verdadeiro espetáculo!

Quando Faró urinou, o bicarbonato começou a espumar. A espuma era tanta que transbordou o vaso e invadiu seu pequeno quarto. Ainda sonolenta, Faró se assustou com o fenômeno inexplicável e correu para a rua, sem a calcinha e aos gritando. Em dois tempos a metade da ilha estava acordada.

- Gente, estou queimando! Me acuda, gente! Meu negócio está queimando! Está escumando, gente, alguém me ajuda!

As portas e janelas se abriram, as vizinhas correram com velas e lâmpadas nas mãos e vendo o vaso espumando, começavam a gritar, a se benzer e a amaldiçoar.

- Minha mãe do céu, Nossa Senhora, queimou o negócio da pagã maldita, gritavam algumas mulheres.

Outras corriam chamando o padre para que este a exorcizasse. Faró, com a camisola levantada e sem calcinha, corria para cima e para baixo, na esperança de que o vento apagasse o fogo.

Fingimos estar chegando naquela hora, querendo saber o ocorrido. E se não bastasse toda aquela confusão, alguém sugeriu:

- Vamos levá-la para Syros, para o hospital. Deve ter sido um ataque de epilepsia, da cintura para baixo.

- É isso mesmo, assegurou dona Andussó, a parteira, que tinha chegado feito ambulância.

Abençoados por todos que ficaram, conduzimos Faró, que se debatia e puxava os cabelos, até a praia. Para completar a brincadeira só faltava um barco. E embora o horário fosse impróprio, mais de meia noite, o barco apareceu.

Naturalmente não cogitávamos levá-la até Syros e tampouco seria possível. Nem tínhamos direito do promontório e nos deparamos com o mar extremamente revolto, com enormes ondas. Seria, praticamente, impossível navegarmos.

Com dificuldade, conseguimos convencer Faró que seria melhor continuar viva, com seu negócio queimado, do que morrer todo o mundo afogado.

Ainda sorrindo com a lembrança da história, entrei no bar

do Billis. As luzes estavam fracas e eu não enxergava bem. Logo depois que tomei um uísque, no balcão, Billis me disse:

- Marilena está sentada lá embaixo, com uma moça.

Virei a cabeça e a vi sentada no sofazinho, conversando com uma moça. Me aproximei e sentei do lado delas.

- Strati, você conhece Alexandra?

- Não, respondi. Como vai Alexandra?

Disse apenas: "bem", se voltou para Marilena e continuou a conversa. Aquele "bem" era muito estranho. Ou melhor, toda ela era estranha.

Achei ela linda. Não devia ter mais de vinte e cinco anos. Tinha cabelos pretos, negros mesmo e soltos. Olhos, também negros e brilhantes. Estava sentada. Não podia ver seu corpo, mas parecia bem feitinho. Estatura mediana.

Billis costumava manter o som da vitrola altíssimo para atrair os fregueses. Por isso não consegui escutar a conversa. Fiquei tomando uísque e olhando alguns nativos dançarem "hassapico". As moças continuavam conversando, alheias à minha própria presença.

Estranhei um pouco. Mas, afinal não era eu que não gostava de conversar com Marilena sobre coisas que não me interessavam? E agora, por que me incomodava o fato de não falarem comigo? Mesmo sem querer, de vez em quando olhava para elas.

Sou um egoísta incurável, pensei. O que está acontecendo comigo é puro orgulho ferido.

Eu estaria sentindo ciúmes de Marilena por estar conversando com outra pessoa? Ou, pelo contrário, tinha gostado de Alexandra e estava enciumado porque Marilena a monopolizava? É possível que um pouco de cada uma dessas duas hipóteses se juntava ao meu egoísmo.

Terminei meu uísque e avisei pra elas que ia até o bar do Piero.

Caminhando solitário, meus pensamentos se embaralhavam. Via aquela estranha moça, de olhar brilhante. Marilena que, pela primeira vez se desgrudou de mim... Que frustração não ter ouvido o que diziam! Obstinada curiosidade!

Cheguei ao bar do Piero onde gente de toda espécie, numa incrível mistura, bebia e dançava. Me sentei num canto de sofá sem notar que na mesa ao lado estava reunido um grupo de estrangeiros tomando champanhe. Somente quando a mão de uma mulher segurando uma taça, invadiu meu campo visual é que me virei para olhar.

- Pensamentos negros são coisas ruins, disse-me em inglês, uma moça do grupo oferecendo-me uma taça.

- Só os cabelos dela são negros, respondi, pensando em Alexandra.

Aceitei a taça com champanhe. Ela apanhou outra de sua mesa e brindamos:

- A saúde dela.

- A sua saúde, emendei rindo. Esvaziamos nossas taças num só gole.

- É, eu não tenho cabelos negros para você lembrar da outra.

- Melhor assim.

Tornou a encher minha taça e repetiu a operação logo que tomei o último gole.

Era uma americana bonita, no real sentido da palavra. De personalidade marcante. Demonstrou isso ao falar comigo sem me conhecer. A iniciativa foi sua o que me agradou. Aquela tristeza constante, quando estava com Marilena, me fazia sentir de luto.

O estouro de outra garrafa desanuviou minha mente.

- Como chamam você na América? Perguntei.

- Como em todo lugar: Jill!

- É a primeira vez que vem a Míconos?

O engraçado é que a pergunta partiu dela.

- Deve ser sua primeira viagem, afirmei, desde que não me conhece.

- E quem é você para que devesse conhecê-lo? Perguntou irritada.

- O fantasma de Mandó.

Durante meia hora procurei lhe explicar, resumidamente, a revolução grega. Mas o champanhe sempre me dava sono. Me levantei para me despedir.

Ela estava tonta. Não falava nada com nada. E se existe uma coisa que não tolero é mulher embriagada. Antes de ir embora me convidou para ir até seu iate no dia seguinte. Iate do grupo, naturalmente. Insisti para que fosse até Kalamopodi, a praia de nudistas, para me encontrar e conhecer meu iate. Eu pensava, obviamente, no barco de Athanassis.

Estava voltando para casa pela rua da praia. Não pensava em retornar ao bar do Billis para verificar se Marilena ainda estava lá. Aliás, pensei nisso, mas, preferi andar sozinho. Elas já devem estar dormindo, ponderei pra mim mesmo. Isso me confortou., e me libertava da dúvida se iria ou não me deitar com Marilena.

A praia estava deserta. Não ventava. Os barcos pareciam estar em terra firme. Vi o céu estrelado e a lua, em seu quarto minguante, se mostrando invertida e de cor avermelhada. Sinais evidentes de ventania.

Tomei uma viela em direção à minha casa. Caminhava distraído. De repente me encontrei bem próximo a duas sombras paradas lado a lado, junto a minha porta. Hesitei. Elas não tinham ouvido meus passos. Eu estava descalço e não fazia ruídos. A distância entre nós não chegava a vinte metros.

Parei instintivamente para as reconhecer. Encostei no muro para evitar que a luz da lua revelasse minha imagem.

Eram elas duas. E que situação! Não podia acreditar no que estava vendo. Sentia as palmas de minhas mãos molhadas de suor. Era incrível. Alexandra, tendo Marilena em seus braços, a beijava, apaixonadamente, na boca.

Eu já tinha visto cenas semelhantes, porém, com moças desconhecidas. Senti meus joelhos tremerem. Duvidei que pudesse caminhar.

Ansiava sair dali sem ser visto, como se eu fosse o culpado. Com medo de que me ouvissem, continuei plantado ali até que se afastassem. Depois fugi, como um ladrão perseguido pela polícia.

Eu não conseguia controlar meus pensamentos. A cena que acabava de presenciar tinha me deixado aturdido. Sai da viela rapidamente e fui para a praia. Tinha a impressão de ter corrido alguns quilômetros. Algo estranho me feria por dentro. Me sentei numa das cadeiras do bar, naquela hora estava completamente deserto. Não conseguia me refazer.

Mais calmo, eu me perguntava: qual o motivo para tanta agitação?

Meu amor próprio em relação a Marilena estaria ferido? E por que? Se ela não me interessava. O que Marilena significava para mim? Até agora nem a mão dela eu tinha segurado. Que direitos eu exercia sobre ela para me aborrecer?

As perguntas e respostas me confundiam. Mesmo assim cheguei a conclusão que a causa era Alexandra. Eu tinha, realmente, me interessado por ela. Foi a falta de atenção de Alexandra que me fez sair do bar do Billis. Era, ainda, Alexandra que ocupava minha mente quando deixei a americana no bar do Piero. Seria possível ter me apaixonado por ela, nos dez minutos que estive ao seu lado? Dez minutos em que ela nem mesmo se dignou a olhar para mim.

Esta não era a primeira vez que eu via duas garotas se beijarem de forma suspeita. Mas, o que acontecia comigo? Comigo e Alexandra. Não encontrava explicação, embora seja forçado a reconhecer que seus olhos brilhantes exerceram estranha influência sobre mim.

Tem certas coisas que deveria confessar. Uma honestidade elementar para comigo mesmo. Achei uma porção de explicações. Quando raciocino, tenho uma loquacidade espantosa. Se eu pudesse botar pra fora esta minha silenciosa loquacidade, teria resolvido muitos problemas em minha vida. Inclusive este que me atormentava agora.

Evidentemente o caso Alexandra era, mais uma vez, questão de vaidade. Eu a queria. Ela, entretanto, queria Marilena.

Eu não queria Marilena, mas a transformava em minha propriedade. Ainda que fosse apenas propriedade intelectual. E agora vinha Alexandra para levá-la! Teria Alexandra conquistado nós dois?

A cena que tinha presenciado há pouco serviu para excitar minha imaginação, meus sentidos, minha carne. Devo confessar. Afinal eu desejava loucamente Alexandra. Mas, como?

Ela estava em outra. Pertencia a um outro mundo. A outro tipo de instinto sexual. Por outro lado, eu sofria por um amor insatisfeito, por meu orgulho ferido, pelo meu egoísmo. Todavia, já que a desejava tanto, teria que aceitar uma experiência ilícita.

Agora minha sensibilidade vinha se alimentando com problemas metafísicos. Pensar em harmonizá-los me fazia sentir infeliz. Apesar de tudo tinha decidido representar esta comédia tão humilhante para mim, desde que estivesse ao lado de Alexandra.

Estava resolvido a ficar em casa, com Marilena e Alexandra. Criava, assim, uma novela. Novela, quem sabe, de beleza trágica. Acredito que o homem é responsável pelos seus atos e não culpado. Sendo responsável conhece, também, as consequências. Por acaso, a moral não se baseia no princípio de que a consciência é o elemento que torna legítima a ação?

Decidi, portanto, voltar para casa. E se levasse Alexandra para lá, arcaria com as consequências. Andava devagar, tranquilo, sorrindo. Estava seguro de mim.

Modifiquei minhas reações iniciais. Com este meu sorriso eu zoava de mim mesmo. O desesperado tinha encontrado a esperança. Não acreditava na moral. A considerava uma crença rígida, inflexível e inteiramente superada. Por mero capricho eu queria ser virtuoso.

Me interessava conhecer a força que cria os espaços da imaginação. Me libertar dos fantasmas eróticos que Alexandra criava em mim e de repente aceitar a presença da verdade carnal. Voluntariamente eu iria criar uma situação paranoica dentro de minha própria casa, sendo obrigado a manter posição imparcial para salvar minha hombridade. Respeito por mim mesmo. Isto poderia até ser qualificado de masoquismo. Mas, até onde sei, a aprovação do amor e da paixão estabelece a grandeza e a pequenez do ser humano.

CAPÍTULO 7

Tudo tinha acontecido muito de repente naquela noite, colocando em extraordinária atividade meus pensamentos, num prazo de apenas uma hora.

Quando entrei, Marilena estava fumando em sua cama.

- Ainda não dormiu?

- Estou pensando, disse ela de forma boba.

Não trocamos outras palavras.

Cai na cama e comecei a ler o "Correio Sentimental", de Thissavros.

"Querida Eva,

Estou noiva há três anos e vivo feliz... (história conhecida de felicidade prolongada). Outro dia vi meu noivo numa confeitaria junto com uma de minhas amigas... (evite as confeitarias. Surpresas desagradáveis a esperam)... não consigo entender o que ele queria com ela (nós, porém, conseguimos)... Eu sou mais feminina que ela... (encontre você, também, alguém mais homem que ele), etc, etc."

Tinha terminado a leitura da carta cheia de mágoas. Lia o

final, quando Eva perguntava o que fazer e a resposta a esclarecia de que "certamente se tratava de um cara melancólico, envolvido por complexos da infância..." Nesse ponto ergui os olhos.

Marilena, estava em pé, completamente nua, em frente da minha cama.

Baixei os olhos fingindo ler.

- Quero fazer amor com você.

Disse isto num tom de voz sofrido, revelando o enorme sacrifício a que se sujeitava para me fazer aquela declaração.

Sem encará-la, ponderei, calmamente:

- Volte para sua cama, por favor! Tente obter tudo quanto desejar da vida, porém, sem se rebaixar tanto. Mesmo que existam motivos para tais desejos.

Foi para sua cama e procurou se cobrir um pouco.

Fiquei constrangido ao vê-la corada. Parecia perdida depois daquela atitude impensada.

- Todas as atitudes são motivadas por alguma coisa, afirmei em tom glacial. Há sempre uma razão para tentarmos algo. Um amor, um sentimento ou, ainda, porque pretendemos deter outro sentimento que está procurando nos arrastar.

Marilena arregalou os olhos, entendendo perfeitamente o que eu queria dizer. Se bem que dificilmente ela poderia desconfiar que eu soubesse do seu segredo. Dela e de Alexandra. Era impossível que elas tivessem percebido minha presença naqueles dez minutos.

Ela raciocinou com rapidez. Considerando as probabilidades, chegou à conclusão que seria impossível eu ter assistido a cena.

- Você deve ser imbecil para não perceber o que sinto por você, falou profundamente irritada.

Além da dignidade ela estava, também, perdendo o controle. Sua expressão e o vocabulário que estava usando, se tornaram desagradáveis, me deixando decepcionado.

- Se não podemos manter esta conversa num nível civilizado, reclamei, prefiro dormir.

O simples gesto de procurar o interruptor do abajur serviu para trazer à tona outra Marilena. Ela estava ferida, humilhada. Eu a tinha ofendido. Tinha me pedido para fazer amor, quando estava fora de si e eu recusei. Ela estava descontrolada, confusa, por não saber onde a levaria seu caso, recém iniciado, com Alexandra. Buscava, assim, se agarrar a alguma coisa para se salvar. Vermelha de raiva, se mostrava completamente mudada e diferente.

- Que espécie de homem é você? Gritou furiosa. Tive a impressão que as veias de seu pescoço iam estourar. Será uma besta? O que pretende ao me humilhar? Provar a si mesmo que é forte? Que não se toca com o comportamento das mulheres? Que você as tem na hora que quer, e quando consegue, fica indiferente? Afinal, para que me trouxe pra cá? Para me apresentar aos seus amigos bêbados? Eles, ao menos, respeitam suas mulheres, enquanto você as despreza. Quem é você? Me diga, canalha... viado. Isso mesmo! Você só pode ser viado, mostrando essa indiferença. É por isso que você não me quer. Não pode haver outra explicação.

Seus olhos muito abertos, injetados de sangue e a expressão do rosto, lhe davam aspectos de loucura. Transtornada, falava besteiras. Contudo, me parecia que, se valendo daquele ataque de histeria, ela se utilizava da chantagem ridícula. Viado, eu? Só porque não dormia com ela?

Ela gritava no meu ouvido. Quase sem querer, lhe dei um tapão. Marilena caiu no outro canto do quarto. Coitada, tão menininha! Me arrependi. Assustada e chorando ela olhava para mim. Com a voz meio entrecortada ela me disse:

- Tenho pena de você! Sinceramente, tenho pena!

Tranquilo com a piedade de Marilena, apaguei a luz. Enquanto não conciliava o sono pensei: "ela está com pena de mim!" Muito bem! Então ela não gastou toda a compaixão consigo mesma.

O incidente teve o condão de afastar um, pouco, Alexandra da minha cabeça. Consegui dormi logo.

No dia seguinte ela me trouxe o café na cama. Me beijou no rosto e não disse uma palavra. Parecia ajustada. Devia ter refletido muito. Revelava tranquilidade na alma e nos sentimentos. Demonstrou isso quando soltou a língua:

- Você se incomodaria se levarmos a Alexandra com a gente para a praia?

- Claro que não! Ótimo!

Afinal, nós dois queríamos Alexandra, cada um atendendo suas razões muito próprias. Íamos formar um lindo trio! Bravo!

Lhe perguntei-lhe, apenas por curiosidade, como tinha conhecido Alexandra.

- Ela estava sozinha no bar do Billis e começamos a conversar.

Um caso clássico, na sua espécie, pensei.

- E quem é esta Alexandra, insisti, fingindo ignorância.

- Como assim quem é? Retrucou irritada. É uma moça, estudante de direito que veio passar suas férias aqui.

- Só estou perguntando porque nunca a vi em Míconos.

- É mesmo! Ela esqueceu de pedir o visto de entrada a você.

- Esse tipo de conversa me dá sono, principalmente quando acabo de acordar. Vamo logo buscar a Alexandra e vamo pra praia.

Alexandra morava na casinha de dona Filippi. Pouco depois ela chegou com Marilena. À luz do dia me pareceu até mais bonita.

Começou a inspecionar a casa e a cada instante manifestava sua admiração. Ela nunca tinha visto uma casa típica e, até então, acreditava que todas eram iguais à casinha de dona Filippi. Quando alcançou a sacada sobre o mar, exclamou:

- Aaaa! Mas aqui parece Veneza!

- Este bairro se chama Veneza. Você não sabia?

Tinha minhas razões para mostrar a Alexandra, onde eu morava. Enquanto víamos os peixes se aglomerarem em busca de comida, falei pra ela, sem olhar para Marilena:

- Você sabe pescar?

- Não, respondeu, mas gosto.

- Então venha morar aqui. Assim, de manhã poderá pescar e depois fritar os peixes para o nosso café da manhã.

Instintivamente as duas se entreolharam. Alexandra com ar de alegria inesperada e Marilena meio intrigada. Ela sabia que eu relutava para aceitar uma mulher em casa. Quanto mais, duas!

- Você fala sério? Me perguntou.

- Claro! Desde que mantenha seu quarto em ordem e não alague o banheiro.

Tinha alcançado facilmente meu intento e agora, bancava o durão e estabelecia condições. Esse o meu modo de ser. Tinha o dom de me colocar num pedestal. Assumia descaradamente uma posição e nada me fazia mudar. As pessoas, por mais fortes e independentes que sejam, sempre procuram alguém que lhes imponha determinado conceito. Marilena e Alexandra, entretanto, não eram nenhuma fortaleza para o meu "nível intelectual".

Alexandra endereçou-me um olhar de culpa que ocultava muita coisa. Mas, será que nós três não tínhamos muito a ocultar uns dos outros?

Fomos para a praia, e ficou combinado que na volta Alexandra faria sua mudança. Pouco abaixo da estátua de Mandó apanhamos o taxi do Stravos. Aliás, ele que nos viu e parou o carro.

- Vi você andando neste calor, como Cristo entre os dois ladrões e pensei levá-lo à praia para se refrescar, disse Stravos num tom de humor nativo, muito sutil.

- Um ladrão entre dois Cristos, corrigiu Marilena ironicamente.

Fui na frente ao lado do motorista e deixei as duas no banco de trás.

- Você soube das novidades? Vamos ter taxímetro nos carros, anunciou Stravos.

- Puxa! De quem foi essa ideia brilhante?

- Do Ministério.

- Muito bem! Mas diga ao pessoal do Ministério para arrumarem turistas para doze meses e não apenas para três.

Demos risada. Os gregos são sempre inconsequentes.

Seguíamos para Kalamopodi onde, segundo Stavros, as redes de Ghiorgos tinham pego peixe fresco.

Kalamopodi é uma imensa praia de areia que os estrangeiros, com muita justiça, chamam de "Paradissos", Paradise. Felizmente ali não foram instalados restaurantes de luxo, palacetes e monstros semelhantes que vão destruindo, pouco a pouco, tudo de bonito que sobrou na pobre ilha.

Nos últimos dois anos a situação se tornou angustiante.

Quando descobrem alguma praia virgem na ilha, logo surge, da noite para o dia, uma construção. Inicialmente projetam uma pocilga. Gradativamente ela evolui e se transforma num restaurante. Com o decorrer do tempo vem uma estrada asfaltada e em seguida uma linha de ônibus. Aí, adeus natureza, adeus paz e adeus à beleza das paisagens.

O progresso, geralmente, traz consigo a devastação, sendo impossível detê-lo. Todavia, para ser justo, devo admitir que em Míconos esse progresso vem se operando em ritmo relativamente lento. Felizmente ainda, tem respeitado a vida e a beleza da ilha.

No começo desta história eu escrevi, brincando, que não há hotéis. Realmente, não há. Mas, também, não são necessários. Grandes hotéis precipitariam o fim da ilha. Eles são prejudiciais tanto para a ilha, quanto para as pessoas. Só trazem proveito às agências turísticas que os lotam com grupos de má qualidade. Promovem reservas individuais e trazem grupos da Alemanha, da Polônia ou da América. Esse tipo de gente não gasta um centavo na ilha porque está "tudo incluído".

Centenas de ilhas já foram destruídas por essa razão. Por que Míconos deveria ser mais uma delas? Míconos tem sua gente que vem do exterior, que a ama e que a considera. Essa gente não reclama da água, nem do vento, nem dos hotéis. Diz o ditado: "Ame seus amigos com todos os seus defeitos".

Míconos é visitada por duas espécies de pessoas: as que ficam doentes se não forem, tal o apego e paixão que dedicam à ilha e aquelas que vão simplesmente, sem qualquer motivação e acabam ficando doentes. Estas últimas, reclamam, xingam e se enfurecem contra os que aprenderam a conviver com as dificuldades e, consequentemente, estão desfrutando o mundo de beleza oferecido pela ilha.

Enquanto pensava nessas coisas, chegamos ao topo da ilha de onde se via a costa em todo o seu esplendor natural. Iniciamos a descida em direção ao mar. Minha mente e meu ouvido estavam atentos ao que se passava no banco de trás.

Marilena era fundamentalmente normal. Como seria possível ter se transformado numa lésbica, do dia para noite? Apenas pela desilusão causada por mim? Ou pretendia me assustar para tentar sua última cartada comigo? Uma encenação para despertar meu ciúme, mexer com meu orgulho?

Sei que não sou o único detentor de uma consciência corruptível. A moral para mim tem um sentido muito relativo. Já conheci homens maus que tinham moral. Estou convencido de que a honestidade não se prende a nenhuma regra. Eu diria que tudo é permitido, tendo por base uma real e amarga constatação.

Qual o sentido de: "é preciso dar o bom exemplo"? Exemplo nem sempre é para ser seguido. Marilena tinha perdido o jogo e não podia me responsabilizar. A derrota de uma pessoa não deve ser julgada pelas circunstâncias. O julgamento está dentro da própria pessoa. Marilena estava derrotada e não escondia o pânico natural dos vencidos.

E quanto a mim?

Eu tinha vencido uma luta unilateral e me colocava na cômoda posição de conquistador. Minha mente conhece sua limitação e, consciente disso, avançava. Tinha, ainda, muito chão, muitas batalhas.

A "batalha de Alexandra" representava uma luta contra um inimigo dissimulado, invulnerável que ultrapassava os limites da morte natural. E contra essa barreira o vencido continuava atirando flechas venenosas.

Não podemos esquecer que Marilena, tendo perdido a batalha, não tinha abandonado a luta.

- Com essa idade você tem coragem de se despir? Me perguntou com ironia, vendo todo mundo nu naquela praia.

A bondade cedeu seu lugar à amargura.

Marilena queria a todo custo diminuir o mérito do vencedor. Queria vê-lo punido nesta vida. Rir da minha idade, apesar de que ninguém, nem mesmo ela, acreditava nos meus cinquenta anos. Eu aparentava muito menos.

Eu estava consciente e preparado para enfrentar problemas relativos à idade. Tinha noção dos limites que protegem alguém do ridículo e ainda me mantinha dentro deles.

Segundo Marilena eu devia ser castigado. Eu sabia disso e aceitava firme e forte. Fazia parte das regras do jogo, com as quais, concordei desde o começo. O que não podemos aceitar, é o destino como castigo.

Eu admitia a sabedoria adquirida na realidade da vida. Sem ilusões. Não desconhecia, também, que a conquista e a soberania nos levam à corrupção. Chega um momento em que vivemos com os fantasmas de amores passados. Esse é o começo do fim. Depois vem o derradeiro fim, irremediável, não desejado, obviamente, e digno de desprezo.

Tirei a roupa e entrei no mar.

A água fria e salgada me refrescou. Uma sensação de bem estar alcançou, até mesmo, minha alma. Passei a ver tudo bonito. Uma beleza imensa.

Alexandra, em pé, conversava com Marilena dentro da água.

Realmente uma criatura maravilhosa. Seriam meus olhos que a viam linda? Não. Simplesmente eu estava apaixonado por ela. Eu caminhava em direção a uma falsa esperança. Desconhecida esperança.

Naquela hora me senti primitivo. Se vivêssemos em outra época, eu a tomaria em meus braços e andaria com ela na água. Faria de maneira primitiva, seguindo os princípios da natureza. Consciente de que não podia fugir do meu tempo, me amoldava a ele. Pretendia, também, que meus cálculos estivessem bem ajustados, sem excesso de otimismo e tampouco de pessimismo.

Queria olhar objetivamente. O máximo que pudesse. Sei, por experiência própria, que o homem nada pode e, ao mesmo, é capaz de tudo.

Havia, porém, o tempo. Esse, eu não sabia se estava do meu lado. Provavelmente estava, desde que nossa permanência na ilha fosse longa. Isso me permitiria escolher entre o pensar e o agir.

Saí da água e me deitei pra tomar sol. Em toda extensão da praia se aglomeravam grupos de pessoas dos mais diversos tipos e raças: pobres, ricos, brancos, pretos e de todas as nuances com que Deus pintou os homens. Mistura completa.

Gente deitada, descontraída e feliz com o calor do sol. Naturalmente para quem vai lá pela primeira vez, o espetáculo é excitante. Principalmente aos menores de sessenta anos. Porém, como em tudo na vida predomina a lei da oferta e da procura, aqui, também, o fenômeno se repete.

A oferta do nu é tanta que decorrido algum tempo, uns quinze minutos, desaparecem os olhares ávidos. Mesmo o grego mais sensual fica indiferente.

O espetáculo é tão puro e limpo que você passa a ver apenas a beleza em si. Nada de desejos, de excitação sexual. Logo você, também, tira a roupa sem o menor constrangimento e acaba curtindo o frescor da água e um sol gostoso, bem quente.

Os estreiantes precisam se proteger contra as queimaduras. Geralmente elas afetam as partes mais íntimas, do corpo.

Diariamente, a partir do início do verão e até o outono, esta praia é habitada por duzentas ou trezentas pessoas estrangeiras que curtem realmente a vida e a natureza. O termo habitada cabe bem porque essa gente, na maioria os jovens, armam suas barracas para desfrutar cada segundo daquele paraíso.

O pequeno restaurante "self-service" do Freddy é o lugar ideal para quem não cozinha. Comida muito boa, preços acessíveis e cerveja bem gelada.

É, portanto, um tipo de vida especial, calma e feliz. Vida cheia de beleza e serenidade. Nada a perturba...

Exceto... Exceto, quando a Lei interfere, vez ou outra. A Lei! Pobre Lei que, bem ou mal, manifesta sua existência. A Lei é sempre a mesma. Cheia de cerimônia, imutável e severa. Aparece para combater o pecado, mesmo que, em essência, ele não exista.

Para pegar o pecador – para ela o pecador é o nudista – a

Lei estabelece que ele deve ser preso em flagrante, completamente nu. É óbvio que as pessoas procuram cobrir com toalhas as partes proibidas de serem mostradas, quando avistam, de longe, os homens da Lei. Geralmente esses homens se dissimulam para agir com eficácia. Agarram o indivíduo e o conduzem a Syros para ser julgado por este crime grave.

A Lei é engraçada! Muitas vezes se disfarça em alguém como nós mesmos para que ninguém possa identificá-la. A Lei se desnuda. Tira a roupa. Mas, não pode ficar pelada. Ela é recatada. Pelo menos, assim lhe ensinaram. Então, como pode, de repente, violar seus próprios princípios? As regras sagradas da moral e da decência? Se torna despudorada quando, justamente, vem combater a pouca vergonha, o pecado, a orgia, Sodoma e Gomorra, segundo ela classifica, esta vida calma, na areia e no sol.

Mas procura, manter as aparências de um pudor elementar. Isto é, veste um calção. Calção de lã, preto, mal ajustado porque não é pessoal. Ele serve a quem estiver de plantão em nome da Lei, em Kalamopodi.

Esses homens da Lei andam de sapatos, mesmo na areia. Escarpim preto, pontudo, combinando com as meias pretas "Derby". Quando a meia é de cano curto, tem elástico na extremidade para ficar esticada. Se é de cano longo permanece presa à perna por liga munida de jarreteira. Nos dias de muito calor eles enrolam a meia, ficando com metade do calcanhar à mostra.

Às vezes eles se disfarçam de banhistas, não sendo necessário muito esforço para serem reconhecidos com esse uniforme. Vagando entre as cabeças deitadas, em serviço de inspeção, buscam carnes descobertas. Resmungam irritados, querendo saber como os nudistas conseguiram identificá-los, com tempo suficiente para se cobrirem.

Vagueiam de um lado para outro, procurando por algum descuidado. De repente encontram um infeliz que adormeceu, sem ter visto a Lei. O plantão inflexível corre até onde deixou suas trouxas com o uniforme. Retorna apressadamente brandindo um par de algemas. Com o bico do seu escarpim – tão pontudo que cortaria uma formiga – ele cotuca o ingênuo adormecido.

- Você aí, "you" é. Você "you", anda, "prison".

Enquanto isso, o coitado ainda sonoleto, não tem noção do que está acontecendo. Acredita num sonho mau. Tenta voltar à realidade e ao ver as algemas balançando a sua frente, se convence de que vive um pesadelo e se deita de novo para continuar dormindo.

A Lei fica irritada com a desobediência, o prende com as algemas mesmo deitado e força o gringo a se levantar. Finalmente, o ex turista feliz se levanta e percebe a triste realidade.

- Vamos, vista-se, ordena a Lei. Por ser da polícia turística, diz em inglês:

- Vamos, "dress" cara "dress".

O prisioneiro mexe os braços demonstrando a impossibilidade de se vestir algemado.

Nesta altura a Lei fica em dúvida. Se soltar o preso ele poderá fugir para o mar, e a Lei fica numa situação difícil. Terá, de chamar o capitão de portos, o único representante da Lei que provavelmente sabe nadar. Aí quem fica com as glórias é o capitão. Receberá a "menção honrosa" por ter prendido um corrupto.

Pensando em tudo isso o plantão dá um largo sorriso por ter encontrado uma outra solução. Genial.

Tira uma das algemas e a prende em seus próprios punhos. Assim, o outro ficando com uma das mãos livres, tem condições para se vestir. Não é muito fácil. Todavia, sempre é melhor que estar com as duas mãos algemadas. Acontece que a Lei, também, precisa se vestir... A coisa se complica. Lei e preso estão enfrentando o mesmo problema. Essa, possivelmente, é a primeira vez que dois antagonistas se encontram ligados pela mesma dificuldade.

Justiça divina! Imagino que naquele instante a Lei deve ter pensado: "não faça com próximo o que não gostaria que fizessem com você". O preso foi solto para que ambos possam se vestir.

Em seguida partiram juntos. Agora, porém, para enfrentar situações diferentes. A união dos dois homens tinha sido apenas momentânea.

CAPÍTULO 8

Alexandra e Marilena saíram da água e deitaram a meu lado. O corpo de Alexandra era um dos mais perfeitos que eu já tinha visto. Nada deixava a desejar, em relação aos das inglesas e escandinavas que estavam à nossa volta. Por mais patriotas que sejamos, somos forçados a admitir que, em muitos casos, a mulher estrangeira comparada à nossa é qualquer coisa do tipo "a bela e a fera".

Ali deitados, não dizíamos uma palavra. Nós três vivíamos o silencioso prazer de sentir o sol esquentando nossos corpos molhados. Creio, entretanto, que, particularmente, cada um de nós pensava em seu caso, e o ligava à perspectiva dos outros dois.

Basicamente formávamos um trio anormal, cujo destino não podíamos prever. Por que anormal? O caso de Alexandra, quem sabe, se aceitarmos o lesbianismo como perversão. Marilena, mesmo a conhecendo pouco, me parecia absolutamente normal, até ao momento em que presenciei aquela cena. De minha parte, me considerava o homem mais normal do mundo.

Como era possível, então, eu estar apaixonado – se é que

estava – por uma moça declaradamente lésbica? À medida que o tempo avançava, eu me sentia mais apaixonado. Minhas perguntas ficavam sem resposta. Não acredito que alguém pudesse me incluir no rol dos pervertidos. Alexandra era uma mulher extraordinariamente bonita. Onde estava a anormalidade? Essa anormalidade que todas as pessoas convencionais temem como o demônio?

Ela gosta de mulheres? E daí? Problema dela. O meu problema tinha outra origem. Decorria do fato de que eu não a interessaria nunca! Nunca!

Esse "nunca" eu não podia concebê-lo como limite de tempo. Isto é, até o concebia, sem, contudo, assimilá-lo. Eu tinha aprendido na vida a esperar como um bom caçador. A espera não me envergonhava. Para outros, isso seria vexatório. Para mim, não porque existia Alexandra. Eu a queria e a esperava.

Dominadas as emoções e tendo determinado meus ideais em relação a Alexandra, tracei em minha mente os rumos dos meus sentimentos e de minhas pretensões.

O sol, cansado de nos esquentar, se cobriu de nuvens.

Nos levantamos e fomos para o restaurante. Meus olhos não se afastavam dela. Alexandra, também, me olhava. Com malícia? Será que o apaixonado perde com tanta facilidade seu senso crítico? Como eu podia ver malícia no olhar de Alexandra?

Eu tinha observado que Alexandra nunca olhava maliciosamente os homens. As mulheres sim. E como eu podia imaginar coisas tão pervertidas? Pervertidas? Agora eu considerava pervertido o que era normal? Que bonito! Que influência exercia em mim aquela garota para que eu passasse a ver as coisas com os olhos dela?

Paulatinamente eu vinha me empolgando. Sentia no estômago um enorme vazio, consequência da paixão, porque ele nunca estava vazio. Eu bebia sem parar procurando encher aquele vazio. Que vazio! Um verdadeiro abismo que às vezes me assustava, sem saber como transpô-lo.

Todos esses pensamentos e a ideia, principalmente, de um abismo instransponível, comprovavam que eu estava perdidamente apaixonado.

Elas conversavam, e davam risada enquanto almoçávamos. Minha mente embaralhada, mergulhando em negros labirintos, me mantinha distante delas. Somente suas risadas me faziam, por vezes, voltar à mesa.

Isso me fazia relembrar, recordações da minha infância. Me obrigavam a ir cedo para a cama e enquanto não dormia, ficava ouvindo os adultos conversarem na sala do lado.

Terminamos de almoçar e o sol apareceu de novo. Corremos para o mar. Elas para se refrescarem e eu para me refazer do vinho ingerido e dos pensamentos. Tive vontade de manter minha cabeça dentro d'água para sempre, tal o alívio que senti. O paraíso devia ser algo assim.

Quando ergui minha cabeça vi Alexandra debruçada sobre meu corpo. Com os olhos cheios d'água não conseguia enxergar direito. Mesmo assim, estendi os braços e ela se deixou envolver por eles.

O contato de seu corpo molhado era tão perturbador que me fez perder o controle. Apertei-a sobre mim numa atitude quase erótica. Não consegui entender seu olhar. Me olhava com malícia ou surpresa? Creio que as duas coisas juntas.

Senti seus braços, também, me envolvendo. Descontrolado, eu procurava uma explicação para isso, quando tudo era tão natural. Afinal, onde ela colocaria os braços? Iria mantê-los caídos inertes ao longo do corpo? Ainda mais dentro d'água, onde o equilíbrio é sempre difícil.

Com Alexandra presa em meus braços eu tentava descobrir algum sinal indicativo de que ela estava sentindo alguma coisa naquele instante. E naquele instante...

Seus braços abandonaram minhas costas e subiram até

o meu pescoço. Me apertou em seu corpo e encostou seu rosto ao meu.

Fiquei paralisado. Senti meus ossos amolecerem. Para prolongar ao máximo aquele momento, me inclinei e assim bem agarradinhos caímos na água.

Nos separamos, em determinado instante, para chegar à superfície. Quando subimos, ela renovou o fôlego e voltou a mergulhar.

Achei esquisito Marilena não estranhar. Provavelmente considerou isto como apenas uma brincadeira de praia, enquanto eu estava dando demasiada importância.

Começavam novas suposições. Novos anseios. Novas esperanças. Novos desencantos.

Confuso, sem vontade própria, permaneci ali, com água pela cintura, observando as duas nadarem. Não sei quanto tempo fiquei assim. Um empurrão me despertou. Era Margot, uma australiana, velha conhecida. Vinha a Míconos todos os anos.

- O que você tem?

- Nada.

Que explicação eu poderia dar? Nem eu sabia o que estava acontecendo.

- Nada, repeti.

Andando na praia, eu e ela falávamos sobre nada e durante todo o tempo eu não perdia as duas moças de vista.

Alexandra veio primeiro. Logo raciocinei infantilmente: "me viu e ficou enciumada".

Ri, a despeito do meu estado paranoico. Zoei de mim mesmo. "Será possível?" Disse aos meus botões e ri novamente.

Deixando Margot, passei a caminhar com as moças, quando chegou o barco do Nicoló para levar o pessoal de volta. O sol ia se pondo e eu começava a sentir sono. O sol e o vinho me impunham a sonolência.

- Vamos nesse barco, disse a elas que concordaram prontamente. Juntamos nossas coisas e entramos no barco, que partiu em seguida. Quase não falávamos. Avançávamos sobre pequenas ondas. Os reflexos do sol enrubeciam o mar.

Alexandra sorriu ao me surpreender observando-a. Senti um pequeno alívio em minha angústia.

Na proa do barco, um negro americano estava deitado entre duas loiras, abraçando ambas.

Aflorou em minha mente a trágica imagem de mim mesmo. Mas, o que eu tinha a ver com o negro?

Tanto ele quanto eu, estávamos com duas moças. Entretanto, e sendo realista, eu não possuía nenhuma. Gostaria de ter uma das duas. Não tinha e tampouco via perspectiva de satisfazer minha vontade.

Cansado dos mesmos pensamentos, fixos, constantes. Cansado do sol e do vinho cheguei em casa. Cai na cama e dormi imediatamente. O cansaço superou minha angústia.

CAPÍTULO 9

Agora Alexandra já estava morando na minha casa.

Quando acordei, mais ou menos às sete da noite, vi luz no quarto ao lado. Procurei averiguar quem estava lá. Não escutava nenhum barulho. A cama de Marilena, em meu quarto, estava vazia e desarrumada. Apesar da luz acesa, não tinha ninguém no quarto. Só as coisas de Alexandra penduradas nos cabides. Sua cama, também, estava desfeita. Passei meus dedos pelo travesseiro dela que ainda conservava a forma de sua cabeça, e me curvei para cheirá-lo. Cheirava a mar, sal e carne.

Estava eu ali enlevado com as coisas de Alexandra quando ouvi o ruído da porta de entrada se abrindo.

Fiquei assustado com a ideia de ser surpreendido. Saí do quarto rapidamente e entrei no banheiro contíguo. Se me pegassem naquela situação, ficaria extremamente humilhado... Mas, não estaria eu, já humilhado perante meus próprios olhos?

O flagrante, embora desagradável, poderia trazer a solução para o meu caso. Alexandra perceberia a extensão do meu problema e, bem ou mal, o resolveria.

Do banheiro, escutava a conversa das duas. Tomei banho e saí com uma toalha enrolada na cintura. "Deixa eu me divertir um pouco", disse para mim mesmo.

Saí na sacada, de onde vinha a conversa das duas.

- Oi, cumprimentei alegre, é realmente me agradava a presença delas em casa.

Estavam tomando uísque.

- E eu, não bebo?

Correram para me trazer um copo, bastante gelo e água. A garrafa estava na mesinha. O primeiro uísque da noite vale ouro. É aquele que torna sua noite em um sucesso. E em função disso elas o prepararam de forma esmerada: grande, generoso e com muito gelo.

Eu bebia com disposição e prazer. Me sentia feliz. O ar da varanda era bem agradável depois de um dia tão quente. Dava pra ver o céu estrelado e a lua aparecendo por trás de um moinho, na colina. O mar, embaixo da sacada, brincava com as rochas que serviam de fundação à casa.

Decididamente estava feliz. Felicidade mais forte que minha angústia. Ao meio dia, também, meu cansaço era mais intenso que essa mesma angústia. Consequentemente, só os meus anseios, sexuais e sentimentais, eram impotentes diante de Alexandra. E isso seria pouco para um homem como eu?

De qualquer forma era uma espécie de felicidade. Eu sentia que tinha uma meta. Quando acordava eu me perguntava se faria algum progresso. É por isso que estava feliz tomando uísque, vendo as estrelas, a lua e rindo com as moças... da casa.

A felicidade, sem dúvida, é relativa. Nunca é concreta, mesmo em situações análogas.

De repente, vimos um clarão no céu, bem na nossa frente. Pulei.

- Vamo lá, disse eu.

Ficaram espantadas.

- O que foi?

- Vamo, vamo, gritei e engoli o resto do uísque num só gole.

- Mas, o que foi? Repetiram.

Estavam cada vez mais preocupadas.

- Nada. Hoje tem festa. Festa de São João lá do outro lado, no cabo. Vamos nos divertir.

As moças se acalmaram e se encheram de entusiasmo. Pegaram uma malha – em Míconos não existem noites de verão – e saímos.

Marilena me parecia mais alegre e serena. Talvez por causa da minha alegria. Não sei o que ela supunha e tampouco do que desconfiava. Sei que estava alegre porque eu, também, estava. Eu me convencia de que o relacionamento culposo – se podia ser chamado de relacionamento o fato de ter conhecido Alexandra – tinha sido uma reação à minha indiferença. Que fosse desse ou de outro modo, para mim era indiferente. Meu xodó era Alexandra.

Na praça de Mandó encontrei o taxi de Nicolas trancado. Sua casa ficava perto e havia luz na janela. Bati na porta.

- Está comendo de novo, a besta, falei pra mim mesmo e empurrei a porta.

Nicolas realmente estava comendo. Na mesa dois pratos quase vazios e a mulher dele vinha trazendo mais.

- Senta aí, cara, vem comer, me disse, com a boca cheia.

- Para com isso, cara. Vamos pra festa, falei em tom de comando.

Nicolas ficou surpreso, de boca aberta, mostrando a última garfada de comida.

- Ih! Cara. Me esqueci da festa.

- Vejam só! Esqueci da festa de São João!

Pegou o guardanapo e enxugou, apressadamente, a boca suja de molho. Empurrou a cadeira para trás para levantar-se, quando sua mulher, Anussó, chegou da cozinha com uma tijela de "skordaliá" (salada de alho), impregnando toda a sala com um aroma delicioso.

- Onde você vai de novo, seu vagabundo? Gritou indignada.

- Vou trabalhar, mulher! Cala essa boca.

- Trabalhar o que, a essa hora, seu pamonha!

- O mulhé, vou levá o home até São João.

- Que aquele cornudo lá de cima queime vocês. Deus me perdoe remendou Anussó.

Nicolas riu e engoliu mais uma bocada.

- Boa noite, então, dona Anussó, disse-lhe, já alcançando a porta.

- Vai pro diabo você também, que nem deixa ele comer sossegado.

Fomos para a rua, morrendo de rir.

- Que vá para o inferno essa suja, disse Nicolas, entre sacaneando irritado (que a mulher de Nicolas me perdoe pelo diálogo imaginário).

Marilena e Alexandra passeavam na praça de Mandó. Conversavam e favam muita risada. O que teria acontecido de tarde, enquanto eu dormia profundamente?

Parecem tão unidas... para não dizer apaixonadas.

Nicolas abriu o carro e, como de costume, eu fui na frente e elas no banco trás.

Deu partida e os pneus cantaram nos paralelepípedos como se quisessem fugir de Anussó. Mandó nos olhou do alto de seu pedestal e com a altivez que lhe era peculiar, dava a impressão de querer falar pra gente: "Cai fora gentinha insignificante, vocês não merecem mulheres de Anussó!" Nem eu sabia que mulheres merecíamos. Se até Mandó que era uma super mulher não nos entendia, o que deveríamos esperar? Mandó foi valente, briosa, altiva. Hoje não existem mulheres com essa têmpera. A atual valentia é o descaramento. Será que dentro do nosso modernismo, Mandó seria como foi?

Afinal, qual o significado dessa valentia? Quando era criança me ensinaram que ser valente é ter brio. Mas este tema me parece muito complicado.

- Eh! Cara, o que é brio? Perguntei a Nicolas, no momento que passávamos pela casa de dona Eleni, na subida da ladeira.

- É o que essa mulher tem, respondeu.

Dona Eleni é extraordinária. Ajuda todas as pessoas da ilha. A própria ilha deve, praticamente, tudo a ela. Os hotéis, as lojas, enfim, tudo mesmo. Ela sempre se deu sem exigir nada em troca.

Alcançamos o topo da ladeira. Lá embaixo estava Ornó.

- E esse infeliz aqui? Falou Nicolas apontando para a casa onde morou o coitado do Marcel.

Marcel tinha morrido muito cedo de forma injusta. Devotava à ilha verdadeira paixão. Me lembro quando chegou a notícia de sua morte, em Atenas, no Evanguelismos. Os sinos de todas as igrejas repicavam fúnebres. Luto e cheiro de incenso tomaram conta da vila apesar de Marcel ser judeu... Mas, o que importa isso? A dor e as lágrimas não distinguem religião.

O carro rodando e eu mergulhado em pensamentos. De vez em quando passávamos por grupos de pessoas a pé.

- Vamos à igreja montados e montados nos prostramos diante das imagens, comentou Nicolas.

Não sei se foi uma tirada filosófica ou se estava com a consciência pesada vendo seus semelhantes caminhando, enquanto nós íamos de carro.

- Coisa mais absurda...

Não deixei continuar.

- Esses aí devem ir a pé, falei.

- E por que? Me perguntou visivelmente aborrecido.

- Eles vão se prostrar diante do Santo, enquanto nós vamos nos divertir.

Após alguns instantes de silêncio ele aduziu:

- Cada um reza do seu jeito.

Fiquei calado. As palavras de Nicolas continham muita sabedoria.

- É isso mesmo, prosseguiu Nicolas. Com festa e tudo o Santo terá sua parte. Se nós os homens sabemos o que os outros nos oferecem, faça ideia o Santo, cuja sapiência é infinitamente maior que a nossa.

Muito certo. O Santo sabia muito bem o que nós lhe podíamos dar e nos receberia feliz, ainda que montados e com a intenção de beber.

Ao dobrarmos o cabo, descortinou lá embaixo o convento de São João, iluminado pelos fogos de artifício e pelas velas. A capela era idêntica às outras da ilha. Na parte frontal, um grande terraço voltado para o mar. Na lateral, um prolongamento onde ficavam as celas. Algumas mesas eram ocupadas por aldeões que bebiam direto dos garrafões. O enorme estoque era conservado na cela.

Por sua vez, as mulheres cuidavam do carneiro que fervia num panelão. Se mantinham sempre atentas para que a carne não grudasse no fundo da panela. Essa é a única ocasião em que se come cordeiro cozido. Existe uma razão para isso: estas festas duram até o amanhecer e o caldo de carneiro é o melhor remédio para ressaca – há muita bebedeira. O caldo de carneiro, segundo dizem, é como o chá de camomila para a úlcera, "tudo foi feito com a sabedoria dos deuses para curar os homens".

A estrada terminava a uns duzentos metros da igreja. Enquanto nos aproximávamos, chegavam até nós as vozes embriagadas de muitos conhecidos.

- Vão embebedar o Santo novamente, falou Nicolas. É claro que a gente pode fazer o que quiser, mas, Santo é Santo. Se ele não se contém não pode ser Santo.

- Que é isso? Cara. Hoje é a festa dele, retruquei. – Deixa ele beber pelo menos esta noite.

Nem bem chegamos, já fomos vistos por nossos amigos. Quem disse que bêbado não enxerga? Enxergam como gatos. Pressurosos arrumaram mesa para a gente, colocando na nossa frente os copos de vinho.

Do pífaro de Tassos saía uma linda música popular da ilha e as moças dançavam. Era muito cedo para os homens entrarem na dança. Eles preferiam molhar a garganta em homenagem ao Santo.

O padre tinha terminado a salmodia, iniciada ao por do sol, e sua garganta estava cansada, seca. Passou a beber numa taça maior e diferente das outras. Alguém dirá: "ele é padre e não pode macular sua santa boca no copo de outro".

- Oh! Mulher, corre a ver como está o carneiro, determinou à sua esposa. Deu a ordem e entrou na cela, estendendo suas santas mãos no generoso colo da sobrinha do chantre.

- Como é Chariklaki? E estes aqui? Cada ano ficando maiores, hein?

Chariklaki corou e se curvou para beijar as mãos do padre. A mulher dele apareceu trazendo uma assadeira com meio cordeiro, e o colocou na sua frente.

Avidamente aquelas santas mãos, que há bem pouco exploravam o colo de Chariklaki, mergulharam na gordura da assadeira. De repente, umas dez mãos passaram a puxar carne, pele – a parte mais saborosa – e cartilagens.

Após cada bocada apanhavam os copos e o vinho dourado descia goela abaixo, num só gole. Não se cansavam de brindar à saúde de uns e de outros. Muitos copos escorregavam das mãos engorduradas e caiam sobre a mesa ou dentro da assadeira.

Olhei para Marilena e Alexandra que estavam com cara de espanto e sorri. Aquela beleza grega, primitiva e suja me fascinava.

Saciada a fome, os aldeões se levantaram para puxar a dança, o "balo":

"Vou te comprar um caíque

Para passear pelas ilhas

Para que todos te saúdem:

Viva o comandante.

Para que a estrela d'alva te saúde

Junto com todas as aves do mar."

O som dos instrumentos musicais, os cantos e as vozes atravessavam a noite e se elevavam ao céu, até os ouvidos do Santo que, lá do alto, se enternecia com as homenagens.

Quando amanheceu o dia vieram os panelões de sopa e as tigelas iam se esvaziando nos estômagos embriagados. A gordura fazia assentar o vinho e acalmava o demônio da embriaguez, dentro de cada um.

Amanhecia. O repouso do estômago era bem igual a paz do amanhecer. Uns iam embora cantarolando. Outros encostavam seu cansaço, nas partes mais fofas de suas mulheres.

Louvado seja São João com sua festa e sua música.

CAPÍTULO 10

Acordamos no dia seguinte, cada um em sua própria cama. Nesta casa, decididamente, predominava a inatividade sexual.

- Bem feito para mim! Fui eu quem arrumou este problema. E isso era só o começo!

Passei a me culpar por aquela situação. Como fui me meter em tamanha confusão? Logo eu,que sou tão pacato, sensato e equilibrado no plano sentimental.

Eu sempre soube o que queria. E agora? Agora o que? Por acaso eu não estava sabendo? Claro que sabia.

Minha ideia fixa era Alexandra, mesmo sabendo que em sua anormalidade, ela desejava Marilena. Diante de tudo isto cabia bem o ditado: "Quem sai na chuva é pra se molhar".

Se eu não tivesse forças para continuar lutando por aquilo que desejava, seria melhor abandonar a guerra e partir para Atenas para esquecer tudo. Foi aí que percebi que precisava de muito mais força para empreender a fuga. Que luta estranha!

A vida em casa se tinha tornado rotina. As meninas riam felizes na cozinha enquanto preparavam o café da manhã para este coitado. Eu, no quarto ao lado, brincava de escritor, zoando dos meus próprios sentimentos.

Ri pra mim mesmo e decidi encarar o problema com estoicismo e bom humor...

O Humor... A única tábua de salvação na minha vida.

Não íamos para a praia. Aliás já era tarde.

Fiquei em casa lendo e escrevendo estas notas, este livro. Não conseguia achar o final. Eu temia, sobretudo, o final desta história.

Resolvi deitar. Meus olhos abertos se fixavam no teto, e em suas vigas de madeira. Cansado acabei dormindo. Não passava das cinco horas da tarde.

Acordei mais ou menos às oito horas. Quer dizer, fui acordado pelo barulho das ondas. O tempo mudara completamente durante a tarde. As ondas rebentavam na sacada. Nas rochas da sacada.

As moças estavam abraçadas como se temessem ser levadas pelas ondas.

O mar era assim, sempre selvagem no escuro. Eu também fiquei impressionado. Tinha acordado de mau humor e as condições do tempo me fizeram piorar. O mar bravio me assustava à noite.

Uma enorme onda rebentou violentamente na sacada. Respingos de espuma branca atingiram o rosto das moças que gritaram de medo.

Marilena me olhou assustada. Seu rosto molhado deixava a impressão de que tinha chorado. Talvez tivesse. De qualquer forma aquela moça estava vivendo um drama e eu era incapaz de ajudá-la.

Eu sentia remorso. Contudo, ele desaparecia toda vez que Alexandra olhava pra mim. Seu rosto, também, estava molhado, mas, sorria. Joguei uma toalha para se enxugarem e voltei para o meu quarto. Sentado junto à minha escrivaninha, fiquei vendo o mar cada vez mais bravo. O céu negro não mostrava nenhuma estrela.

Toda essa situação me transmitiu um estranho receio.

Meus temores não se prendiam tanto à tempestade, fenômeno, de certa forma, comum para mim. Me preocupava o estado psíquico em que me encontrava, que me fazia assustar com o mar embravecido. Isso me trazia mau pressentimento.

Quando as vi na sacada senti que a partir dali minha presença em nada iria atrapalhar o caso delas. Me assustava só de pensar no que poderia acontecer, até mesmo, naquela noite. Quis sair na sacada para ver como elas estavam, porém, meu amor próprio e meu egoísmo me impediram.

Tentei ler, escrever, pensar com sensatez. Não consegui. Só fumava. Fumei todos os cigarros que tinha.

Não ter cigarros foi uma solução. Ganhei a rua. Niki, minha vizinha, dava de comer à sua filha Katerina, sentada no patamar.

- Que fez com as moças, coração? Me perguntou.

Sorri. Na verdade eu gostaria de lhe dizer: o que as moças fizeram comigo! Andei até a beira-mar. Ventava muito e a praia estava deserta. Comprei cigarros do aleijado e me enfiei no "Cubículo", um barzinho, onde, antigamente, estiveram instaladas as prisões venezianas.

Babis me viu e ficou surpreso. Provavelmente, meu rosto refletia o estado da minha alma. Tentei evitar que me perguntasse algo,porque não tinha condições para lhe responder, comentei:

- Está um tempo bravo!

- Parece mesmo, até te deixou marcado.

Ao invés de fugir do assunto tornei as coisas piores.

- Tá, então me traga um duplo para eu me compôr.

Babis prontamente me serviu. Comecei a beber.

- Sabe de uma coisa? Perguntou, se aproximando.

- O que?

- Você está com muitas preocupações e isso não é bom. Daqui a alguns anos não terá sobrado nenhum de nós.

Não estava disposto a conversar porque simplesmente nada tinha para falar com Babis. Isso era coisa feia para um ilhéu.

- Você lembra do velho Sarando?

- Claro.

- Então. Ele tinha muitas preocupações. Grandes preocupações. Não aproveitou nada e morreu preocupado com os outros. Deu casas e terras para toda a família, casou filhas e netas, sempre preocupado. Na hora da morte, quis todos à sua volta. Vieram os filhos e netos. Todos, enfim. Aí ele perguntou: "quem ficou na loja?". – "Ninguém, respondeu seu filho Nicolos". Sarando ficou zangado, preocupado. E morreu assim.

Sorri porque meu estado de espírito em nada se assemelhava às preocupações de Sarando. Pedi mais bebida.

Naquela hora chegou Konstandis, o pescador.

- Minha nossa! Que brabeza de vento é esta? O mar vai cobrir a cidade, exclamou Konstandis assustado.

Procurou, também, se refazer tomando um trago.

Acabou de engolir e me olhou de modo estranho.

- Ô patrão! Onde estão suas mulheres hoje?

Não gostei da pergunta porque já estava invocado.

- O que você quis dizer com isso?

Sem dúvida, eu estava com cara de poucos amigos porque o homem se apressou em esclarecer.

- Nada demais. É que você sempre tem uma delas a tiracolo. Só isso.

- Estão ao abrigo, lá em casa. Eu vou para onde com esse tempo?

- Então toma mais um para depois saborearmos uma ca-caviá (sopa de peixes e ostras "bouillabaisse"), já que está sozinho. Começaram a prepará-la a tarde.

Nessa noite eu precisava de uma companhia como a de Konstandis. Engoli a última dose e saímos para a taverna do Dzaní, perto do cais. Chegando na porta sentimos o cheiro dos peixes e dos siris, sinal de que a sopa estava quase pron-ta. Alguns pescadores ocupavam duas ou três mesas. Esco-lhemos a primeira, bem próxima da janela. As ondas quebran-do no cais, salpicavam espuma nos vidros do caixilho.

- Tempo ruim, disse Konstandis. Quando o tempo muda assim de repente, sinto um peso no coração.

Tomou um gole de vinho e continuou:

- A tempestade nunca me incomoda. Entretanto, bonança na parte da manhã e agora esta brabeza, me parece aviso de que coisas piores virão daqui pra frente, nestes próximos seis ou sete meses. Tempo perigoso. Vai esfriar. Este começo de inverno é duro. Aos olhos da gente tudo fica preto.

Fiquei ouvindo Konstandis e movia a cabeça em sinal de assentimento.

- Você já foi a Paris? Perguntei, interrompendo os comen-tários de Konstandis sobre Metereologia.

- Você quer dizer na França?

- Sim, mas Paris, propriamente dito.

- Já estivemos em Marselha e Saint Maló. Em Paris nunca paramos.

- Claro! Não podiam parar em Paris. Não é porto.

- Ah! Então nunca fui...

- Escute, então. Paris é cortada pelo rio Sena. Mais ou menos no meio do rio tem uma pequena ilha, duas ou três vezes maior que a ilha de Bao. Nessa ilha tem muitas casas grandes e ricas. Lindas, emolduradas pelo rio. É a ilha de São Luís.

- Entendi meu filho, ponderou Konstandis, todos os ricos precisam de algum santo que guarde seu dinheiro.

- As outras casas foram construídas sobre um pequeno cais para fortalecer as fundações. Nesses cais estão instalados os "clochards". Existem há muitos anos e sempre viveram das sobras dos ricos.

Konstandis ouvia a história com muita atenção. Prossegui:

- Os "clochards" são muito estranhos. Uma espécie de vagabundos que no passado viveram normalmente, desenvolvendo as mais diversas atividades: professores, filósofos, comerciantes, etc. Alguns foram ricos. Agora formam grupos como se fossem famílias.

- É memo! Isso acontece em Paris?

- Não só acontece como, também, servem de atração para os turistas.

- Cabeludos e barbudos! Como a gente diz aqui, disse com surpresa.

- É, mas, podemos dizer que são anteriores a guerra. São pessoas cultas, repito. Uma ocasião morei numa dessas casas e ficava observando eles lá de cima. Alguns deles são atingidos pela melancolia, na época do inverno. Isso acontece todos os anos.

- E aí, o que acontece? Perguntou cheio de curiosidade.

- O infeliz sabe que a partir daí não poderá mais aguentar aquela vida e avisa os companheiros. Logo depois do por do sol eles se reúnem e começam uma espécie de festa de despedida. A última festa. Quando já beberam bastante o desgraçado se levanta e beija seus amigos mais chegados. Aí todos se calam. Nenhum ruído. De repente o silêncio é quebrado pelo baque de um corpo que cai nas águas geladas do rio.

Ninguém chora. Ninguém fala. Todos vão dormir.

Konstandis ficou mudo, olhando atônito para mim. Voltou a falar para pedir a cacaviá. Enquanto comíamos, repetiu:

- É uma época perigosa.

Concordei como se eu, também, tivesse um mau pressentimento. Não sei, mas minha história abalou Konstandis. Quase não falou o resto da noite.

Passava da meia noite e ele me disse:

- Vamos respirar um pouco?

A essa altura ele parecia sufocado lá dentro.

Saímos e caminhamos quietos. O tempo estava muito pior. Não era mais uma simples ventania. Tinha chegado o primeiro forte vento do norte, trazido pelo inverno. O mar revolto, com enormes ondas ameaçadoras, dava a impressão que iria afogar a terra.

- Noite ruim, disse Konstandis para si mesmo.

- Te assusta?

Não esperava resposta. Naquele instante cada um de nós pensava em outra coisa.

Ele, como pescador, naturalmente pensava na maldição de enfrentar um tempo assim, em alto mar. Eu me afligia com outra maldição... além disso esse tempo me angustiava.

Nos separamos.

Tomei o rumo de casa. Minhas pernas tremiam e minha mente trabalhava sem cessar. Procurando afastar os maus pensamentos eu tentava imaginar as moças, cada uma em sua própria cama. Idealizava, também, uma vida feliz ao lado de Alexandra. Felizes para sempre. Até a morte.

Ao chegar em casa coloquei cuidadosamente a chave na fechadura, evitando o menor ruído, como faz o ladrão. Aliás, eu me sentia um ladrão. Entrei, redobrando os cuidados. Não havia luz e eu, também não acendi nenhuma.

O barulho surdo das ondas contra a sacada abafava meus passos. Eu, também, nada ouvia, além desse som.

Fui para o meu quarto e me aproximando da cama de Marilena, procurei averiguar se ela estava dormindo. Com movimentos lentos, medidos, apalpei as cobertas. Não a encontrei. A cama estava vazia.

Parado, meio aturdido, quis me convencer de que, apesar do tempo, ela tivesse saído. Mesmo assim, não tive coragem de acender a luz. Sai na ponta dos pés em busca do quarto de Alexandra.

Com as mãos estendidas, como um sonâmbulo, alcancei sua porta. Tateando o batente, procurava uma abertura. Nenhuma fresta. A porta estava hermeticamente fechada.

Agora não me restavam mais dúvidas. As duas deviam estar lá dentro. Tudo que eu temia. Tudo que não queria aceitar, aconteceu... acontecia. Tremendo da cabeça aos pés, pensei que ia cair. Retirei minha mão trêmula que se apoiava num dos batentes, temendo possível ruído. Estático, sem poder sair do lugar, não sabia o que fazer. A única coisa era fugir dali, se pudesse mover as pernas. Nada me autorizava a forçar a porta e entrar. E fazer o que lá dentro? Alguma das duas mulheres me pertencia? Não. Decididamente não.

Tudo não passava de uma trágica monstruosidade. Nada mais. Eu me sentia um farrapo. Iniciei a viagem de volta ao meu quarto. O burburinho do mar não me impediu de ouvir um suspiro, mais outro e sussurros vindos do quarto das moças. Não se tratava de monólogo de quem fala dormindo. Era conversa. Não pairavam dúvidas.

Não dormiam. Estavam fazendo amor. Amor, como o balbuciar de morimbundo, que aquela terrível noite não conseguia abafar.

Infeliz experiência. Por que eu deveria passar por ela? Se pressenti tudo isso, por que não procurei outra moça para dormir com ela em outro lugar?

Eu quis, mas não consegui. Por minha própria vontade fiquei aqui para suportar essa dor. Apaixonado por Alexandra, eu sofria. Mas, eu queria sofrer? Eu seria masoquista, pervertido? Em meio à minha tristeza acabei sorrindo. Eu me considerando pervertido, quando atrás daquela porta a perversão reinava em toda sua grandeza amarga, dramática.

As palavras atravessavam a porta. Chegavam claras, audíveis:

- Agora você vai ficar só comigo...

- Foi a amargura que me jogou em teus braços e agora te amo...

Isso era dito por Marilena, com voz doentia, cheia de paixão.

Minha boca estava seca e a cabeça latejava. Não sabia o que estava sentindo. Queria sair dali, ir para minha cama. Contudo, o medo de ser ouvido, o desejo de autoflagelação e a curiosidade não me deixavam.

Não me lembro quanto tempo permaneci ali e quantas coisas terríveis acabei ouvindo até que algumas sombras começaram a se formar na sala.

Estava amanhecendo.

Com muito esforço, desesperado, um verdadeiro trapo humano, cheguei até a minha cama.

Puxei os lençóis e deitei, naturalmente, sem nenhuma esperança de conciliar o sono.

O que tinha me acontecido? Toda a cena da noite vagava em minha mente como pesadelo. E a conversa! Aquelas palavras penetravam novamente meus ouvidos como se um gravador as estivesse repetindo o tempo todo.

Tentava analisar minhas reações. Por que tinha sofrido tamanho choque? Qual a razão para ficar tão impressionado diante de um fato que se não era corriqueiro para mim, também, não era inteiramente desconhecido? O problema se prendia nas pessoas: Marilena e Alexandra. Quanto a Marilena, não posso negar que seus atos pouco me diziam. As atitudes de Alexandra, entretanto, me atingiam. Ela criava essa espécie de tirania. Tirania psíquica de um homem apaixonado.

As situações que me envolveram nessa noite, tiveram o condão de me fazer apaixonar de verdade por Alexandra. Isso pode parecer inédito. Mas, inéditos e estranhos são os sentimentos de homens como eu!

Até certo ponto eu sabia o que estava me acontecendo no momento. Mas, me apavorava com o futuro.

Em estado quase letárgico pela angústia vivida naquelas horas, acabei adormecendo.

De instante a instante acordava assustado. Não tinha pesadelos. O sono era interrompido por sobressaltos. Como poderia ter pesadelos se naquela noite eu tinha sido dominado pelo maior de todos eles? Não sei quanto tempo passou, porém, em determinado momento, dentro daquela letargia, ouvi o telefone tocar. Não levantei. Parou de tilintar ou alguém atendeu. Voltei a dormir. Dormir?

Devia ser perto de meio dia quando acordei. Que acordar terrível! Que dia estava começando! Como enfrentaria aquela situação dentro de minha própria casa? E as moças? Uma delas me inspirava louca paixão. A outra me enraivecia.

Diante delas seria impossível fingir que nada sabia. Os meus olhos contariam. Duvido, também, que elas não desconfiassem de mim. Que não zombassem. Vexame de precedente, na minha idade!

Estremunhando, olhei imediatamente para a cama de Marilena. Teria voltado ou, ainda, estava nos braços de Alexandra? A cama não tinha sido desfeita. Comecei a ficar aborrecido. Elas não respeitavam os princípios do decoro? Minha presença nada significava?

Fui ao banheiro e, na passagem, vi entreaberta a porta do quarto de Alexandra.

Tive certeza que elas haviam saído logo cedo. Assim, nem

companhia me reservavam. Avancei cautelosamente e espiei pelo vão da porta, como se temesse ver o local do crime.

Alexandra estava dormindo sozinha, completamente nua e descoberta.

A cama revolta dava a impressão de que uma onda de bárbaros tinha passado em cima dela. Os lençóis embolados e ao lado deles se destacava a figura de Alexandra, de bruço, exausta, sempre linda. Os cabelos cobriam parte do seu rosto.

Recobrei o ânimo ao vê-la sozinha.

Quem sabe Marilena tivesse saído para fazer compras. Parei um instante, fixando meu olhar em Alexandra, com estranha emoção. Com desejo, também. Eu a queria desesperadamente, mas não ousava tentar. Temia o sabor amargo da rejeição.

Deixei ela dormindo e fui para a cozinha preparar nosso café. A mesa estava colocada para duas pessoas, me pareceu estranho. Embaixo de uma das xícaras vi um papel. Um bilhete.

Comecei a ler.

O "sozinho" me convenceu que o bilhete era para mim.

Fiquei triste pelo irmão, mas, não sendo grave, acabei me alegrando com a ideia de ficar só com Alexandra, por algum tempo.

Esta, quem sabe, era a oportunidade para solucionar a situação junto a ela.

O tilintar do telefone tinha sido real.

Estranho bilhete aquele! Quanto ao "meu amor", tudo bem. Hoje é muito comum esse tratamento. Mas, o "espero que não se aborreça sozinho" me pareceu irônico ou, quem sabe, triste. Quem sabe, ainda, ela tenha decidido me propiciar aquela oportunidade. E qual a razão? Me lembrei de sua declaração à Alexandra: "foi a amargura que me jogou em seus braços". Então ela me amava. Sua amargura decorria da minha indiferença. Certamente tinha entendido que não podia alimentar esperanças, tendo Alexandra em seu caminho. Alexandra que ela mesma tinha me apresentado. Para provocar meu ciúme ou para se afastar de mim, dormiu com ela. E o que conseguiu?

Quase nada. Isso eu percebia no bilhete.

É preciso estar muito arrependido para se deixar um recado assim. Sabia disso por experiência própria. Ela me causou muita pena. Viajou sabendo que enquanto estivesse ausente, eu tentaria maiores intimidades com Alexandra. E, além disso, teria que enfrentar os problemas de Atenas, mesmo não sendo sérios.

A água ferveu e eu aprontei o café.

Agora eu tinha motivos para acordar Alexandra. Não apenas motivos. Tinha notícias perturbadoras. Estávamos sozinhos! Tudo isso, entretanto, não era tão importante. Outras razões me levavam a acordá-la. Peguei as xícaras e invadi seu quarto.

Acomodei as xícaras sobre o criado mudo e me sentei na beirada de sua cama. Quis acordá-la com um beijo, mas não tive tempo. Com os meus movimentos ela estremunhou e se mostrou surpresa com a minha presença.

- Café quente e perfumado, anunciei, colocando a xícara em suas mãos, enquanto se recostava.

Não tinha dito, ainda, nenhuma palavra. Tomou o gole de café e procurou os cigarros. Dei para ela o meu que tinha acabado de acender.

Puxou uma tragada e me olhou nos olhos.

Que olhos estranhos! Agora, também, estavam brilhantes. Mesmo ao acordar – nenhuma mulher é bonita quando acorda – A beleza de Alexandra chamava a atenção. Quanta coisa havia dentro daqueles olhos! Quanta luz, quanta paixão, quanta indiferença e quanta ironia!

- Marilena foi embora, falei num ar revelador de indiferença, alegria, um pouco de tristeza e muita expectativa. Um buquê de sentimentos.

- Abandonou nós dois?

O olhar dela só continha ironia. Indubitavelmente Alexandra era um monstro no aspecto sentimental. Esse, também, era um ponto de atração. Sempre gostei das fortes. Contudo, em algum canto ela devia ser vulnerável. Sensível. Eu contava com isso.

- Ela deixou, mais precisamente, você! Porque não se dá muito bem comigo, afirmei.

Eu tinha assumido um ar igual ao dela.

- Não é o muito que conta, mas sim o que cada um tem dentro de si.

A resposta de Alexandra me deixou extremamente pensativo. Ela, sem dúvida, alcançava muito além do que eu podia imaginar. Sua aparente dureza e desligamento, já não me enganavam.

- Não sei o que você está falando e nem o que entendeu.

- Eu entendi pouco, respondeu, mas você não entendeu nada mesmo.

Outra resposta pronta, de chofre. Agora a coisa estava esquentando. Vinha chegando a ocasião que procurava para colocar tudo em pratos limpos, principalmente depois daquela noite.

Depois da tempestade vem a bonança. Os pescadores é que estavam certos.

- Leia e me responda, falei, colocando o bilhete em suas mãos.

Leu, tendo no rosto a mesma expressão de ironia. Quando terminou, se voltou para mim.

- Está vendo? A carta é para você. É a você que ela chama de "meu amor". Quanto ao "vai se aborrecer sozinho", é malicioso. Malícia que você despertou nela. Ou pensa que você é um pequeno gênio e que as mulheres à sua volta são desligadas, débeis mentais?

Não a interrompi. Ela abria o jogo e fiquei preparando minha resposta. Se aproximava o momento que sempre esperei. Ela continuou:

- Você acha que tanto Marilena, sua antiga conhecida e eu, recém apresentada, vemos você como um cordeirinho bom e hospitaleiro? Abrigar em sua casa, duas mulheres que, de certa forma, iriam alterar seus hábitos de solteirão, tirar seu sossego, seu conforto, simplesmente porque você foi com a cara da amiga de sua amiga? Ora, Strati querido! Concordo que você se superestime, contudo, não menospreze tanto os seus adversários.

- Ué! Ficamos adversários agora?

Perguntei e me arrependi. Achei muito boba minha pergunta, depois de um monólogo tão profético. Tinha falado sem pensar. O mais certo teria sido me calar, e obrigá-la a chegar onde eu queria. Não importava que ela se julgasse um gênio e me considerasse ingênuo. A verdade é que eu estava atingindo minha meta.

- Não é de agora que somos adversários. Isso aconteceu no início e, acima de tudo, nos tornamos adversários culpados.

Todo este jogo se ornava de uma beleza maliciosa, pendendo para o lado que me agradava. Assim eu via a coisa. Afinal, Alexandra não apenas sabia de tudo, como, também, acabou me dizendo exatamente o que eu, nestes dias de angústia, pensei em lhe dizer.

Eu tinha que reconhecer que naquele momento, fiquei à mercê de sua sagacidade, Alexandra levava vantagem. Minha situação ficava mais difícil depois da revelação. Agora que as cartas estavam na mesa, tudo dependia da minha capacidade, e do meu sangue frio para conduzir a partida do meu jeito.

Era a primeira vez que eu mantinha um diálogo dessa natureza com Alexandra, sem nenhuma interferência.

Realmente a menina era um espetáculo. Quando conversava, a expressão do seu rosto sofria constantes mutações: ora sorridente, ora séria, fechada, ora maliciosa. Sentado na frente dela, na cama, eu não podia esconder meu ar de profunda admiração pela sua beleza interna e externa.

Eu a amava e a desejava perdidamente. A noite anterior tinha sido um pesadelo. Porém, serviu, também, para excitar terrivelmente minha imaginação, provocando em mim um desejo tão intenso por Alexandra que, apesar de todos os meus esforços, não conseguiam esconder.

Vendo ela assim nua, recostada na cama, eu me sentia igual aos piratas que, após longo tempo em alto mar, chegam no primeiro porto e avançam sobre as mulheres, como loucos.

Acabando de tomar o café, se abriu num ar mais alegre e sugeriu:

- Que tal, vamos para a praia?

Tive a impressão que ela quis dizer: anda, vamos nos divertir, já que estamos sozinhos.

Pressenti que um dia, ao mesmo tempo, alegre e perigoso estava começando para mim. Muita coisa poderia acontecer. Marilena estava muito longe e tinha saído dos nossos pensamentos. Era, possível, também, que nada de novo ocorresse.

Fizemos o desjejum na confeitaria Mandó. Alexandra comeu dois ovos fritos, pão com manteiga e mel. Estava morta de fome.

Na mesinha do lado, Billis, o médico Giovanni, Piperiás e Andreas jogavam cartas desde cedo.

- Em que praia vamos, Strati, perguntou Alexandra.

- Vamos juntos, disse Tassos, o dono do caíque. Ele tomava seu café ao nosso lado.

- Venham comigo, insistiu. Estou indo para Frangonissi

pra pegar lagostas.

- Vamos, vamos, falou Alexandra, mostrando um sorriso de alegria.

Tassos, também, exultou em contar com uma companhia assim.

- Ô garota, você sabe mergulhar?

- Um pouco.

- Então vou ensiná-la a mergulhar para pegar siris. Vamos lá. Vamos passar pelo Kiuka para apanhar Nicoló, meu ajudante.

Saímos os três em direção ao café do Guiorghis Kiuka, perto da praia. Passando pela agência fúnebre do Dimitró Zano, Tassos gritou pra ele:

- Oh Dimitró! Estão caras as mortalhas este ano?

Como resposta, Dimitró que escrevia tranquilo, se virou com as mãos bem abertas em direção ao seu rosto (insulto pesado entre os gregos). Tassos se limitou a rir.

- Por que ele fez isso logo de manhã? Perguntei.

- Que vá pro inferno, coveiro desgraçado, disse com ar de nojo.

- Que coveiro, cara. Ele é um agente.

- É agente para caixão de defunto, o excomungado, replicou com raiva e entrou no café do Kiuka para achar seu ajudante.

Entramos também e atendendo a um sinal seu, nos sentamos. Enquanto isso ele procurava notícias do auxiliar.

- Vamos tomar o primeiro trago para esperar o Nicoló, nos convidou Tassos e se sentou junto a nós.

O café do Guiorghis Kiuka é um dos únicos estabelecimentos remanescentes de uma época de beleza e tradição que o progresso vai engolindo ou substituindo diariamente.

Acrescentando a isso a loucura que caracteriza o próprio Kiuka, seu café se torna numa espécie rara, resquício de um tempo que se foi.

Ele dispõe de apenas dez mesinhas com tampo de mármore. Toda vez que sai um freguês e senta outro, Ghiorghis, pessoalmente, se encarrega de limpar a mesa com uma esponja embebida em vinagre. É comum o freguês tomar um banho de vinagre, fato que Ghiorghis não dá muita importância.

Ghiorghis é baixo e gordo. As barras de sua calça se arrastam pelo chão, estando, permanentemente, sujas pela serragem que cobre o piso do café.

As paredes do estabelecimento são qualquer coisa de notáveis. Todas elas estão cobertas por cartazes, símbolos e fotos de todas as épocas. Aparecem, numa verdadeira miscelânea, os antigos heróis nacionais e os novos salvadores da pátria. Dá pra ver, então, entre Kolokotronis e Plaputas, a foto de Markezinis quando foi líder dos progressistas. Ao lado, o rei Konstantino e bem acima de suas medalhas, o "SIM", da Democracia.

Continuando o desfile, vemos um "NÃO... 28 de OUTUBRO de 1940" seguido da assinatura: "Ioannis Metaxas". Mais ao lado, entre a rainha Ana-Maria e Konstantino, a figura de Elefteris Venizelos, fixada com quatro tachinhas. E, como remate obrigatório da vaidade neo-helênica, Aliki Vouyouklaki abraçada com uma garrafa de cerveja "FIX".

Na parede oposta estão pendurados, lado a lado, Konstantino Karamanlis e Georgios Papandreu. Logo abaixo, Kúrkulas numa propaganda de seu filme "Abuso de Poder". Acima de tudo isso, uma axila suja sendo lavada com "Rexona".

A outra parede está inteiramente tomada por um cartaz "NÃO AO COMUNISMO". Fixada pelo mesmo prego, uma propaganda da COLUMBIA com a fotografia de Theodorakis, relativa ao disco "A Canção do Irmão Morto".

- Neste café vemos toda a Grécia, exclamou Alexandra,

de repente.

Sorri ao examinar a quarta parede, acima das canecas de café. Ela mostrava Demóstenes em pé, tendo como fundo, a Acrópole. Segundo observei, ele discursava na Pnyka, tentando combater as desgraças dos gregos. Na mesma direção, um outro cartaz: 'MESMO SABOR. HENNINGER".

Ghiorghis chegou com o segundo ouzo. O Nicoló ainda não tinha aparecido.

- Você quer saber o que faz o Dimitró Zanos que você chama de agente?

Eu já tinha esquecido o assunto e Tassos o reviveu.

- Como vou saber? O cartaz diz agente e deve ser isso mesmo, respondi. Ele diz que se trata de imigrações, viagens...

- Deixa pra lá as imigrações indicadas na entrada. Coveiro é o que ele é.

- É. Pode ser agente dos que imigram para o outro mundo.

- Isso mesmo, concordou Tassos.

- E onde ele acha tantos mortos na ilha, para se virar?

- Ele faz importação.

- Você está doido, cara! Do que você está falando?

Tassos tomou seu ouzo num só trago, acendeu o cigarro e se acomodou na melhor cadeira para me explicar os negócios do Dimitró.

- Você já viu o tipo de gente que chega nesses navios de cruzeiro?

- Já, disse eu. Pessoas.

- Sim. Mas, que pessoas?

- Turistas, é claro.

- Já calculou a idade de cada uma dessas pessoas?

- Gente de idade, sem dúvida. Ao responder, já adivinhava o seu objetivo.

- Taí! O mais moço deles tá com mais de sessenta e cinco anos. Essa gente é defunto ambulante!

- Que seja, falei baixo para não interrimpê-lo.

- Aí que tá, compadre! Os "defuntos" morrem, disse Tassos e pediu mais um ouzo.

Finalmente, naquela hora, chegou o Nicoló.

- Vamos lá, cumprimentou Tassos. Viva!

Bateu o copo na mesa, uma vez e despejou na goela todo o ouzo, sem batizá-lo. Se levantou e todos nós o acompanhamos.

- Vamos em frente! O resto te conto no caminho.

Quis pagar a conta mas Ghiorghis, que trazia mais duas garrafas para levarmos, não permitiu.

- Deixa pra lá. Amanhã fazemos as contas.

- Com esta gente não dá para argumentar, reclamei.

Seguimos em direção a um pequeno cais, onde estava atracado o caíque de Tassos. Um barco bonito, pintado de azul, equipado com redes, espinéis, arpões, máscaras e enfim, tudo quanto necessitava para o trabalho da pesca.

O ajudante deu uma volta na manivela e ligou o motor. Tassos soltou os cabos e entramos mar adentro. Soprava um vento fraco vindo do lado de Tinos. Ele arrastava consigo algumas nuvens.

O mar revelava uma tonalidade azul profundo e o sol esquentava tanto quanto o vento norte o permitia. Porém, o suficiente para nos aquecer.

Em meio aquela paisagem e sensações, eu olhava para Alexandra. O ouzo que bebemos tinha embriagado nossos olhos e nossas almas.

- O paraíso não é cercado em nenhum dos seus lados,

filosofou Tassos. Esteja onde você estiver, poderá adentrá-lo facilmente.

- Uma felicidade sem fronteiras, completou Alexandra olhando para mim com um sorriso. Quanta coisa revelava aquele sorriso!

Passamos pela ilha de Báo e ao alcançarmos o cabo de Diakofti, Tassos entregou o remo ao ajudante. Veio para a proa com uma garrafa de ouzo, três copos e um tentáculo de polvo, seco ao sol. Encheu os três copos e com seu canivete cortou o pé do polvo, e deu um pedaço para cada um de nós.

Silenciosamente víamos o mar espumando nas laterais da proa, à medida que avançávamos. De repente Tassos acabando de engolir o resto do seu copo, levou as mãos aos rins.

- Deve estar com cálculos, pensei, mas não disse nada.

Depois, erguendo seus olhos para o céu, blasfemou:

- Ô você aí, Deus! Se for homem me mate de pé. Não me fale em cama, porque aí vou afundar no mar e nunca mais vai me ver. Vou sumir.

Seu rosto, curtido pelo sol e o mar, tinha uma expressão de valentia e dor. Tassos era atormentado, há tempo, por um cálculo renal. Eu e Alexandra nos entreolhamos. Ele voltou a encher os copos e sorriu para nós. Tomou um gole e se encaminhou para o porão. Voltou trazendo um buzuki. Se sentou e começou a tocar. A música era monótona. Parou subitamente.

- Você sabe, porque esses acordes demoram horas cara? E completou: porque eram tirados pelos prisioneiros que tinham um tempo enorme pela frente. Assim, curtiam sua dor e suas mágoas horas a fio.

Terminada a explicação começou a cantar. Tinha a voz rouca e muito boa.

"Se eu morrer no navio,

Me joguem no mar.

Que me comam os peixes

e a água salgada...

Aman... Aman..."

Quando parou, engoliu mais bebida e deu um suspiro acompanhado de um grito selvagem.

- Vão pra lá peixes sem vergonha. Vou comer vocês antes que vocês me comam.

Tassos deixava a impressão, naquele instante, que estava pronto para beber toda a água do mar e massacrar todos os peixes.

- Deixa para lá, homem, disse tentando acalmá-lo. Sobram muitos dias ainda pra gente.

- Sabe, cara, continuei. Uma vez gostei de uma moça muito bonita, uns vinte anos mais nova que eu. Ela me dizia: "meu amor, quando você morrer vou sepultá-lo no mar." Tinha certeza que eu iria primeiro. Uma noite ela sonhou que eu tinha morrido e que ela me jogou no mar de Kastro, abaixo de Paraportiani. Acordou assustada. No dia seguinte nos separamos.

Fiz uma pausa e prossegui:

- Sabe o que aconteceu um mês depois? A mãe dela a sepultou viva. Ou seja, obrigou-a a casar com um qualquer. Desde então ele vegeta, enquanto eu estou em pé, bebo, me divirto e faço amor, bem vivo.

Tassos riu satisfeito e olhou para o mar que engrossava a cada momento.

- Ô Nicoló, vira o leme de banda porque o mar está aguando nosso ouzo.

Nicoló obedeceu e agora estavamos mais próximos da costa até que chegamos em frente ao Tragonissi.

Alexandra estava sentada diante de mim, de frente para o mar aberto. Enquanto eu a olhava, a terra, vista por trás dos seus cabelos, balançava em compasso, ao ritmo do movimento do barco.

A imensidão do mar que ela contemplava estava dentro do seu olhar. Percebendo que eu a admirava o tempo todo, procurou mudar o cenário. Se curvou, encheu os copos e cortou o silêncio, dizendo para Tassos:

- Mestre Tassos, você não terminou de contar onde o agente Dimitró encontra os defuntos para importar.

- Ô meu anjo! A coisa foi tão bem organizada que eles vêm até ele.

E prosseguiu:

- Tem uns vinte navios de cruzeiro que transportam milhares de pessoas para a ilha, durante todo o verão. Quase todos, como já falei, estão mais pra lá do que pra cá. Fazem, então, a última viagem para seguirem felizes ao outro mundo, com os pulmões cheios de ar puro.

Pensou um pouco e continuou:

- Muitos deles, realmente, não chegam ao fim da viagem. Alguns são afetados pela mudança de ar; outros pelo mar bravo, o enjoo e outros, ainda, porque chegou a hora. O fato é que morrem no navio.

As explicações de Tassos despertavam o nosso interesse e ninguém o interrompia.

- O comandante fica em situação difícil. Atirar o cadáver ao mar, ele não pode porque a família, do estrangeiro, vai reclamar, sem dúvida. A única solução é colocá-lo no frogorífico do navio para não feder. Se outros passageiros percebem, morrem, também, de medo. Nessa idade as emoções violentas são perigosas.

Respirou fundo e prosseguiu:

- Não podendo carregar o cadáver de uma ilha para outra, o comandante, logo que chega aqui, avisa o Dimitró. "Vem", ele costuma dizer. "Tem material na geladeira".

Aí o Dimitró espera a noite e pega uma lancha – a mais colorida e enfeitada que achar, para ninguém desconfiar da carga – esconde o morto embaixo das frutas e legumes, e conduz ele até terra. Congelado como está, aguenta mais uns dois dias.

Tassos revelava conhecimento dos fatos.

- Dimitró leva, então, o infeliz para São Babis – o padre de lá é amigo dele – manda celebrar uma missa só para esquentar um pouco a alma do falecido que passou tantos dias com frio como os bois congelados.

Alexandra morria de rir e Tassos continuava:

- Vocês poderão me perguntar: e se o finado for judeu? Não tem importância. As rezas do padre Vassili valem para qualquer deus. A noite ele manda sua mulher Erató, chorar pelo morto e no dia seguinte providencia o sepultamento. Ele conseguiu com o Artemi, aquele urubu que é guarda do cemitério, um pedaço de terra e ali joga todos os defuntos.

Tomou outro trago de ouzo, se esconjurou – cuspiu no seu próprio colo, já que falava de morte – e retomou a história:

- No dia seguinte ele chama Susan, aquela americana que pinta e que você conhece – se dirigindo a mim – e por uns cinquentão ela escreve a carta para a família, lá na América, no estrangeiro. Dimitró dita em sua linguagem caipira e ela escreve na língua estrangeira.

- "Vamos lá então Susan, diz ele.

- Yes diz ela.

E começa:

Exma. Sra. Gertrude, viúva de John Smith

Alabama – USA"

- Vocês podem estranhar o fato de que a notícia é dada logo no início da carta. Todavia, a coisa importante, o pedido do dinheiro, vai no texto.

Dimitró fala e Susan escreve:

- "Fique sabendo pobre dona Gertrude, que desde anteontem o finado seu marido partiu desta para melhor. Não é fácil confortá-la agora que ficou só como um caniço solitário. Mas, entendo ter sido melhor que o Todo Poderoso o tenha levado porque, mesmo defunto, o coitado parecia muito sofrido.

Espero que a senhora fique boa logo e, quando melhorar, me envie o dinheiro que gastei com o triste imprevisto, visto que fiquei sem minhas economias da velhice."

Nesse ponto Tassos interrompeu como que enojado, com a agiotagem de Dimitró que ouviríamos depois. Tomou outro gole e determinou ao seu ajudante a direção de Tragonissi. Retomou a narrativa:

- Dimitró, após as palavras de consolo, ditas do seu jeito, entra na questão do dinheiro, fundamental para ele. A escrita prossegue:

- "As despesas foram as seguintes: lancha do Mathió, do navio até o cais, 1.500 drachmas: triciclo do Tzani, do cais até São Babis, 1.000 drachmas. Temos aí 2.500 drachmas."

- O padre... Espere Susan, vamos falar bispo Vassílis. Bispo cobra mais caro. Continua, então.

- "Bispo que recomendou a alma, 800 drachmas e mais 500 para a carpideira."

- Minha mulher Erató chorou a noite inteira para que o John tivesse bom descanso. Coloca aí, também! "500 drachmas de ouzo que gastamos na taverna do Piperiá para o finado partir refrescado". Para terminar, bota as taxas da igreja, santíssima sepultura, bênçãos, etc. Uns dez mil pra tudo isso. Diga, também, que se quiser missa de sétimo dia, de mês, flores, dia de finados, podemos preparar tudo por mais umas três mil.

- Aí está o que o esconjurado faz, disse Tassos, encerrando a história dos negócios de Dimitró. Não escondia sua repulsa e desprezo pelo agente funerário.

Em sua mente de marinheiro, simples, puro, não cabia a

ideia de se ganhar dinheiro com a tristeza dos outros.

Naturalmente, eu e Alexandra achamos graça, principalmente pela forma como foi contado. Isso, entretanto, em nada mudava seu humor.

Estávamos a meio caminho da passagem e já se descortinava Tragonissi, com suas grutas bem à nossa frente. Navegando no meio da correnteza, o mar espirrava em nós, sua violência.

- Desgraçado, esbravejou Tassos. Basta um pingo de onda para molhar tanto! Vamos para a popa para não ficarmos molhados.

Levantamos todos, sem esquecer dos copos e nos acomodamos perto do ajudante que manobrava o leme. Estávamos protegidos, porém, o barco se chocava violentamente contra as ondas.

Tassos assumiu o leme para vencer a fúria do mar. Além disso, estávamos chegando. Só ele conhecia o lugar e as águas nas entradas das grutas, onde abundavam os siris e as lagostas.

Alexandra sorria, parecendo muito feliz. Contagiado com essa felicidade, minhas agonias e meus problemas tinham desaparecido. A noite de ontem me afigurava, agora, muito distante. Quanto a Marilena, estava esquecida e com ela os remorsos que eu tinha sentido.

Era estranho, engraçado. Cabia a mim influenciar Alexandra. Contudo, acontecia exatamente o contrário. Ela me influenciava. Sua felicidade me dava prazer, ainda que não fosse eu o seu criador, o motivo.

O barco diminuiu seu ritmo. Tínhamos chegado próximo de Tragonissi. Nesse ponto o mar se apresentava bastante calmo, protegido do vento pela rocha da ilha.

Tassos manobrava o leme avançando lentamente para a entrada da grande caverna. Eu e Alexandra olhando para o fundo do mar. A água estava límpida, cristalina, quase que mostrando, realmente, o fundo mar.

De repente um grande peixe surgiu por baixo da quilha do caíque e desapareceu dentro da gruta. Tassos enxergou bem.

- Olha aí o filho da mãe. Um peixe desses fora de suas águas.

- As águas aqui são seguras, informou Nicoló se preparando para jogar a âncora.

Estávamos em marcha reduzida. Tassos gritou:

- Pro fundo, cara!

Com a queda da âncora as águas se agitaram e ficaram turvas. Instantes depois voltaram à sua limpidez. Estávamos completamente parados a alguns metros da entrada da caverna. À esquerda e à direita, rochas muito altas lembravam um fjord norueguês.

Espetáculo encantador. O prazer tinha dominado todos os nossos sentidos. Tassos amarrou uma faca na cintura e deu o primeiro mergulho para se familiarizar com o mar, naquele ponto. Chegou bem no fundo, na parte mais escura. Por um momento ficou fora de nossas vistas. Um minuto e meio. Pouco mais, pouco menos. Veio à tona trazendo um pequeno siri. "Amostra", segundo ele.

No segundo mergulho permaneceu mais tempo lá embaixo. Quando subiu vinha com uma lagosta com cerca de quatro quilos. Estava enfezada e se debatia como louca no convés, onde Tassos a prensou. Nicoló, com habilidade e destreza, cortou suas duas presas grandes que abriam e fechavam de forma ameaçadora.

- Essa daqui não brinca em serviço, disse jogando as presas numa panela com um pouco de mar.

Enquanto isso a lagosta pulou a um palmo do convés, caindo depois encolhida, toda estropiada.

- Me dá o fuzil pequeno, pediu Tassos a Nicoló. Nicoló pegou o fuzil e o entregou na mão da patrão.

- Tem uma esmerna sem vergonha, se guarda, lá embaixo, perto de um buraco. É sinal que tem coisa boa.

Mergulhou com a arma na mão direita. O fundo do mar é estranho! A esmerna é um peixe venenoso, sem vergonha, semelhante a uma serpente, tem os dentes afiados como uma navalha, que cortam as redes. Ela costuma ficar guardando as tocas das lagostas.

Tassos demorava e não o víamos. Devia ter descido bem fundo. Finalmente seu vulto escuro apareceu. Quando sua cabeça chegou a tona ele tomou fôlego e soltou o ar. Estava vermelho como beterraba. Ergueu o arpão de sua arma e na ponta vimos espetada uma esmerna de quase um metro. Ainda se debatia de forma selvagem com a boca aberta mostrando seus terríveis dentes. Tinha o arpão espetado em seu pescoço e se tentava libertar. Quanto mais se debatia, mais o arpão penetrava. Nicoló agarrou nela e a trouxe para o convés.

Com experiência e coragem, Nicoló esticou a esmerna no chão, ainda presa pela arma, e lhe pisou o rabo para imobilizá-la. Com uma pedra grande esmagou sua cabeça. Seus miolos se espalharam pelo convés que ficou todo sujo com aquela massa misturada com o sangue turvo.

Alexandra observava a cena com uma espécie de satisfação sádica. Eu, porém, fiquei enjoado. A menina era dura e não escondia isso em suas reações.

Nicoló retirou o arpão e o lavou no mar. Em seguida apanhou uma faca e cortou a cabeça da esmerna. Ia joga-la no mar quando Alexandra gritou:

- Não a jogue. Quero vê-la.

Ficou olhando a boca do bicho, com um ar de vingança e de medo, também. No meio daquela massa disforme aparecia um dos olhos da esmerna, completamente fora da órbita, meio esmagado. Ela sentiu nojo, franziu o rosto e com um arrepio de repugnância, jogou aquela coisa no mar.

Nicoló já tinha cortado a esmerna em cinco pedaços e e

jogado tudo na panela, juntando às presas com a lagosta.

- Você vai ver que sopa dá a esmerna, falou para Alexandra.

Tassos voltou a mergulhar, trazendo mais duas lagostas. Ele, sem dúvida, tinha encontrado um buraco com bastante coisa.

A certa altura ele subiu ao barco para descansar.

- Se prepare, disse a Alexandra, você vai mergulhar comigo.

Tomou um ouzo para se esquentar, examinou a panela no fogo e começou a explicar a Alexandra o que deveria fazer quando mergulhasse. Ela ouvia com a atenção e o entusiasmo, muito próprio dos novatos. Depois que Tassos descansou, se levantaram e mergulharam juntos. Não sei o que aconteceu lá embaixo, porém, quando subiram, Alexandra segurava um lagostim. Ria e gritava como uma criança. Parece que realmente o pegou sozinha porque Tassos vinha dizendo: "bravo".

Mergulhavam e voltavam à tona, sempre trazendo alguma coisa. Cansada, Alexandra subiu no barco. Tremia de frio. Lhe dei uma toalha para se enxugar, ela, entretanto, a jogou nas costas. Se aproximando de mim, me abraçou.

Estava gelada. Seu corpo frio e molhado, encostado no meu, me provocou arrepios. Não consegui entender muita coisa porque naqueles instantes minha mente, meio zonza, lutava para se mentalizar do que acontecia. Ela me apertava e dizia:

- Você está tão quente!

Seu abraço se tornava cada vez mais forte. Eu estava com os braços em suas costas e aproveitava para enxugá-la. Todo o seu corpo, dos joelhos até o rosto, estava colado ao meu. O tremor diminuiu e de vez em quando soltava um suspiro de alívio. Não pairavam dúvidas sobre o que estava acontecendo. Eu devia estar mentalmente doente para achar que vinha fazendo apenas o papel de aquecedor.

Ficamos assim, uns dois ou três minutos. Depois ela afastou seu rosto, lentamente, e o colocou na frente ao meu. Seu olhar cheio de erotismo se fixou em meus olhos e sem nenhum constrangimento colou seus lábios nos meus.

Quase perdi os sentidos. No começo estava gelada. Todavia, em questão de segundos seus lábios pegaram fogo. Me beijava com paixão, como se estivesse me compensando de toda a angústia que me fez passar nestes últimos três dias.

Parecia mais apaixonada que eu. Apenas aparência. Alexandra pretendia fazer alguém se apaixonar loucamente por ela. Eu fui o primeiro a baixar os braços. Não sei se não aguentava mais ou se fiquei envergonhado pelas presenças de Nicoló e do Tassos que já tinha subido no barco.

A satisfação da conquista completou minha felicidade.

O melhor momento do amor acontece quando você descobre que conseguiu transmitir ao outro, esse sentimento que acreditava ser apenas seu.

Nicoló distribuiu a sopa em quatro pratos fundos esmaltados. Dentro deles nadavam pedaços de siri, de esmerna e de uma pequena escorpena. Uma alegria divina, tudo aquilo junto: o dia, o mar, o sol, o amor, a sopa! Isso mesmo, a sopa! Ela completava a sensação material dentro daquela felicidade imaterial.

A segunda garrafa de ouzo estava quase no fim, antes que a cacaviá terminasse. Estendemos uma lona para nos proteger do sol e nos deitamos de baixo dela, os quatro enfileirados, tendo como travesseiros as redes.

Alexandra se enrolou do meu lado e dormiu assim.

Por volta de cinco ou seis horas da tarde Nicoló se levantou e fez o café. O ouzo, o cansaço e a alegria nos fizeram dormir durante umas três horas. Tomávamos o café, em silêncio. O ambiente era de calma e tranquilidade. O mar estava sereno e o sol se pondo ia ficando avermelhado.

O sol! Sim, o sol! Ele era o responsável. Quando ele se

punha, o mar serenava e as pessoas ficavam mais calmas. Quando desperta ele movimenta tudo. Sem dúvida, o sol é um misto de vida e de inquietação.

- Me sinto ótima, manifestou Alexandra, de repente.

- É a vida junto a natureza, sorriu Nicoló, entusiasmado com a frase que inventou.

- Vamos voltar tarde, com a luz da lua, continuou.

- Epa, cara. Tem lua, falou Tassos alegremente. Em seguida, como se lembrasse de algo, propôs:

- Vamos fazer outra coisa. Assim que anoitecer iremos para Sant'Anna, atrás do cabo do Café. Tem matança de porco na casa do Mihalis Likos.

- O que é isso? Interrompeu Alexandra.

- Vai ver, vai ver... Vai ter música também.

- É festa? falou Alexandra.

- Que nada, menina! Você só sonha com festas?

Alexandra riu com a observação de Tassos e com jeito dengoso, fez beicinho.

Desde a hora do almoço aquela moça tinha mudado. Seu rosto mostrava um ar de menina e toda a dureza que me torturou e me preocupou por tantos dias, tinha sumido.

- Tassos, não brigue com a garota, adverti, beijando-a em sua face.

Ela, tomando meu rosto em suas mãos, me deu um beijo rápido e amigável na boca. Parecia querer me agradecer pela proteção oferecida.

O amor tinha aumentado dentro de mim e explodia em cada movimento de Alexandra.

O sol já tocava o mar. Nicoló e Tassos juntavam a lona e recolhiam os apetrechos para voltarmos. Logo depois o motor foi ligado e o ajudante levantou a âncora. Quando a colocou no barco, Tassos deu meia volta e, manobrando, saiu da pequena enseada.

A abertura da caverna, do outro lado, apresentava agora, uma cor cinzenta. O fundo, entretanto, era negro. Os peixes e os siris que escaparam do nosso ataque, dormiam sossegados.

Seguimos em direção ao cabo do Café. O sol havia desaparecido e a região da correnteza parecia um lago de cor cinza-azulado. Fiz sinal a Tassos para que entregasse o leme à Alexandra. Ele me atendeu.

Ela se esforçava para manter o barco no rumo certo. Devíamos chegar no cabo dentro de meia hora. Eu pensava num mundo de coisas bonitas enquanto me embevecia, com o mar, e com o jeito infantil de comandante, que Alexandra revelava.

Eu tinha chegado onde o instinto e a paixão me levavam. A noite dormiria com ela. A felicidade do amor e do desejo seria completada. E depois? – Pensei. Onde estou indo? Onde me levaria essa garota que tanto me influenciava? Eu mesmo achava muito cedo para me preocupar. Para me assustar com o rumo dos acontecimentos. E me perguntava: desde quando me tornei conservador em questões de amor? Ou quando pensei dessa forma? Realmente, não me lembrava. Eram incomuns em mim tais pensamentos, tanto em relação ao meu modo de ver as coisas, quanto em relação aos meus próprios atos.

Decididamente, nada iria mudar a felicidade conquistada com tanto sacrifício e até perigosamente. Mas... será que tinha esquecido a noite de ontem? Do amor proibido, entre duas mulheres? E que uma delas me causava remorso e a outra me provocava um intenso desejo? Um desejo violento, capaz de exigir a morte de uma para conseguir a outra.

Agora que as coisas se encaminhavam no sentido da concretização dos meus sonhos, e até mesmo, além da expectativa eu comecei a pensar: para onde vou? Que animal ingrato e egocêntrico é o homem! Eu não. Eu me considerava livre de temores dessa espécie. De ponderações covardes.

Eu queria Alexandra e a tinha. Esta noite ela seria minha. Minha no exato sentido da palavra. Não importavam os caminhos a percorrer. Esse o meu modo de ser. Sempre fui assim e não iria mudar. Sempre tive e sempre fiz o que me apeteceu.

Me levantei irritado. Peguei a garrafa de ouzo, enchi um copo e o tomei num só gole. Mestre Tassos entendeu e gritou para mim:

- Isso mesmo, cara. Deixa esse demônio que te tortura tonto! Me entregou seu copo para que eu enchesse, também.

Alexandra, ainda no leme, apresentou sua queixa:

- E o homem do leme não pode beber quando está em serviço?

Tassos lhe passou a bebida. Ela tomou um gole e exclamou rindo:

- Taí! A mesma ladainha de sempre!

E tinha razão. Nossa vida se resumia em mar, bebida e despreocupação. Tassos tomou o leme. Já nos aproximávamos do cabo. Entramos com cuidado no pequeno porto de Sant'Anna. Amarramos o barco numa grande rocha que formava uma espécie de cais e trocamos de roupa. De "short" e camiseta, saltamos pra terra.

- Aguenta aí que eu vou na frente. Conheço bem o atalho, disse Tassos.

Seguimos atrás dele. Andamos aproximadamente duzentos metros e chegamos na igrejinha de Sant'Anna. Dali, dobrando à direita, tomamos outro atalho, entre caniços e arbustos, e alcançamos uma clareira.

Era quase noite. Um fogão aceso, não muito distante, iluminava o caminho. A casa de Mihalis Likos (horió como são chamadas as granjas rurais na ilha) ficava à uns cem metros de onde estávamos. Em cinco minutos chegamos lá e os aldeões nos receberam com gritaria e um copo de vinho na mão. Chegamos na hora certa, uma vez que a água já estava fervendo para escaldar o porco.

Cada horió engorda o seu porco anualmente e o mata nessa época. Ele alimenta uma família durante quase um ano. Além da gordura apurada com o toucinho derretido, as tripas e parte da carne é aproveitada para salsicha defumada ou seca. A melhor carne é conservada num pote com vinagre para ser comida no inverno. São porcos gigantes, com mais de quatrocentos e cinquenta quilos.

Sentados ao redor do fogo, tomávamos nosso vinho. O porco estava deitado, imóvel, num canto não muito longe. Seu olhar triste deixava a impressão de que sabia que toda aquela gente se preparava para transformar sua morte numa festa.

Os instrumentos musicais estavam em ordem, exceção feita à gaita de foles que permanecia vazia. A música só começava depois da morte.

Em determinado instante Mihalis, com voz grave, perguntou para sua mulher:

- Estamos prontos, Anussó?

- Sim, respondeu, espiando o caldeirão de água fervente.

Mihalis se levantou com movimentos lentos. Era bem alto, espadaúdo, com bigode enorme, grisalho, e torcido nas pontas. Foi na cozinha e voltou trazendo uma faca pequena bastante afiada. A colocou na cintura e chamou seu irmão Athanás:

- Bora! Gritou e saltou sobre o porco.

Com um movimento rápido prendeu, com a mão esquerda, o focinho do bicho, tentando mantê-lo fechado. O animal bufava, soltava verdadeiros uivos e fazia de tudo para escapar. Se escapasse as consequências seriam imprevisíveis, com tanta gente ao redor. Com a outra mão Mihalis agarrou a pata dianteira do porco, procurando deitá-lo de costas. Mas, não conseguiu. Dominar quase meia tonelada de uma força viva que, ainda, lutava para sobreviver, não era brincadeira.

Athanás, entretanto, tinha agarrado firme nas patas traseiras e os dois juntos conseguiram virar o bicho de pernas para o ar. Ele se debatia violentamente, mas as mãos dos Likos eram autênticas tenazes. Mihalis forçou o pé no peito do animal, o deixando quase sufocado.

Alexandra, grudada em mim, apertava meus braços e suas unhas chegavam a me ferir. A lâmina brilhou no ar, nos fazendo arrepiar e provocando em todos, um nó na garganta. Não sei se o porco viu a faca ou se o instinto o preveniu. Ele teve um último espasmo desesperado tentando se libertar. Alexandra, assustada, chegou mais perto de mim.

Mantendo sempre firme a mão esquerda no focinho do porco, Mihalis enfiou a faca na garganta do gigantesco animal. O sangue jorrou, e se escutou um uivo de dor. O bicho estremeceu inteiro, ofegou de forma agonizante e de sua garganta cortada escorria o sangue vivo misturado com espuma. Segundos depois estava morto.

Mihalis ficou em pé e suspirou aliviado. Estava esbaforido. Numa luta entre feras ele era o vencedor.

Alguns homens penduraram o porco num gancho, no vão da porta. As mulheres iam jogando água fervendo sobre ele para pelá-lo, deixando o couro completamente limpo.

Enquanto isso a gaita de foles entrou em atividade e o vinho, em abundância, molhava nossas gargantas ressecadas em consequência daqueles minutos de tensão, de agonia.

Terminada a operação escaldar, Mihalis abriu o porco, do pescoço até as virilhas. As tripas,e as entranhas, pularam para fora ainda quentes. E lembrar que dez minutos antes elas palpitavam cheias de vida!

O caldeirão de água fervente foi substituído por uma grelha e sobre ela Mihalis jogava os miúdos do porco. Ouvíamos o chiado do fogo produzido pelos pingos de sangue e gordura que caíam em cima dele. Uma velha cuidava dos miúdos a fim de que ficassem bem assados para satisfazer o paladar de todas aquelas pessoas.

Os animais, assim como as pessoas, têm, também, seu destino. Durante um ano, comem, bebem e vivem despreocupados. Depois... a morte com festa. E para os homens a morte, também, não é uma festa? Ficamos tristes com a ausência dos que foram, porém, ficamos felizes por continuar vivos.

Faz muito tempo, muitos anos, mesmo, que eu e o Fouskis estamos esperando a morte de Konstandis, nosso amigo filósofo, o mascate. Há uns dez anos prometemos a ele uma festa sem precedentes para comemorarmos sua partida. Mas, até hoje, ele continua bem vivo.

Alexandra, meio hesitante, pegou o primeiro pedaço de fígado assado. O vinho a ajudou a esquecer o porco vivo e a fez lembrar apenas o quanto era gostoso depois de morto. À noite a festa atingiu o auge. Os homens dançavam zeimbekiko, enquanto as mulheres se divertiam com o balo e o syrtó das ilhas. Tudo isso para que o porco, lá do céu, ficasse feliz vendo a gente comer ele. Certamente havia alguma... digamos, diferença entre o porco e São João.

Veio gente de outras granjas, trazendo seus instrumentos musicais, tornando o grupo bem numeroso. Quanto mais diminuía o vinho nos garrafões, mais aumentava nossa bebedeira e crescia o ritmo da festa.

Começou a raiar o dia. Um dia de outono, cinzento e carregado de nuvens. O verão e a primavera tinham ficado para trás e o sol agora esquentava pouco. No momento exato em que Deus preparava esse cenário, Tassos soltou sua voz numa canção que era bem um queixume:

Só há uma andorinha e a primavera é preciosa

custa muito para o sol voltar de novo...

Alexandra, sonolenta pelo cansaço do dia e de uma noite de festas, cochilava no meu ombro. Anussó, vendo isso, acudiu maternal:

- Vem minha filha. Vou arrumar um lugar para você deitar. Com este tempo, voltar com o caíque é impossível.

Realmente, o tempo estava ficando feio e a tempestade seria inevitável. Sem nenhuma objeção, sem mesmo um pedido de desculpas pelo trabalho que iria dar, Alexandra acompanhou Anussó e entrou em sua casa. O cansaço tinha vencido as boas maneiras.

Abrindo a arca, Anussó retirou os lençóis bordados do enxoval de sua filha, e os estendeu na cama de casal para acomodar a visitante. Os mais bonitos sentimentos da terra residem nas casas do povo.

Quando, por vezes escuto alguém dizer que os habitantes de Míconos são inóspitos, o sangue me sobe na cabeça. As pessoas de Míconos são orgulhosas. Jamais inóspitas. Se você não tem onde dormir, é forasteiro e amigo, aí eles mostram sua hospitalidade. Se diz que na ilha não tem água. Contudo, experimentem dizer: "estou com sede" e verá quantos riachos límpidos aparecerão para refrescar sua garganta e sua alma.

Em Míconos é assim. Não estou exagerando. Se você estiver queimado pela seca onde não existir uma folha verde, milhares de mãos se estenderão como frondosos carvalhos para te fazer sombra. A gente de Míconos é estranha, louca, hospitaleira. Loucos por causa do vento que castiga a ilha o ano todo. Belos e extraordinários loucos, porém!

Nós, os homens, nos acomodamos no porão. Dormimos um ao lado do outro. Naquela casa nenhum homem deita com mulher se não for casado com ela.

A tarde tinha chegado, quando acordei com o cheiro do café sendo preparado. Alexandra já estava de pé e ajudava a velha Zilena, mãe de Mihalis, a enrolar a lã. Logo que me viu me perguntou com um sorriso malicioso:

- Dormiu bem? Você vê como são as coisas? Eu num canto e você no outro.

Engolimos o café e fomos dar uma volta pelos campos do Mihalis. Alexandra parecia uma criança usufruindo pela primeira vez das coisas da vida longe da cidade. Andávamos de mãos dadas. Alexandra tinha sofrido uma enorme transformação. Não parecia em nada com alguém pervertido. Não mostrava mais aquele olhar malicioso da noite que a vi no bar conversando baixinho com Marilena.

Marilena... Onde estará ela? O que terá acontecido em sua casa? Ou será que o acidente não passou de uma simples desculpa para poder desaparecer de tudo e de todos?

- Em que está pensando, Strati?

- Na mulher do porco que ficou viúva!

Ela riu e reclamou:

- Você é terrível. Não dá te levar a sério.

Caminhamos bastante sem conversar. Para mim, também, seria melhor não a levar sério. Cada vez me sentia mais atraído por ela. Estávamos juntos há quarenta e oito horas apenas, desde a partida de Marilena e minha vida tinha mudado.

Eu mostrava a Alexandra tudo que representava a vida para mim, em sua plenitude: o mar, o sol, os barcos, a pesca, a gente do campo, a matança de porco. Aquele jeito simples de viver as tradições. E ela aceitava de boa. Se encantava e se divertia. Ao mesmo tempo ficava atemorizada. Além disso, tinha conquistado os nativos. Eles gostavam dela. O próprio Tassos, sempre tão reservado, desconfiado em relação a estranhos, tinha gostado da Alexandra. Não faziam isso para me agradar. Eram sinceros. Eu os conhecia bem. Se existisse alguma dúvida, Mihalis, com toda a sua franqueza, teria me imposto:

- Leve essa moça daqui e volte sozinho.

Todos esses aspectos tinham me influenciado muito. Meu amor por Alexandra ultrapassava os limites do desejo.

Quando voltamos, Anussó tinha colocado a mesa e beliscamos alguma coisa. Era de tarde. Com o por do sol o tempo se acalmaria e poderíamos voltar. Nos despedimos de Anussó, e tomamos um atalho até que alcançar a rocha onde o caíque estava amarrado. Tassos esperava pela gente, pronto para partir.

- Vamos saindo devagarinho. Assim, quando o sol se esconder estaremos perto da correnteza.

Ainda ventava muito. Podíamos ver o sol se pondo atrás das nuvens. Realmente, quando nos aproximamos da correnteza o tempo estava mais manso. Mesmo assim o barco jogava bastante, mas sentíamos que as ondas iam se acalmando.

Alexandra me pareceu um pouco assustada. Lhe dei um copo de ouzo para tranquilizá-la. O demônio de saia, entendendo minha intenção, retrucou:

- Mas eu não tenho medo!

- Não é por isso, querida. É que está ficando escuro e esfriando, também.

Apesar do sibilar do vento e do barulho das ondas, ouvi a voz de Tassos:

- Enos, não somos filhos de Deus?

Quase caí no mar para lhe levar o ouzo até a popa. Tomou a bebida e sorriu satisfeito.

- Quando chegarmos no outro cabo, tudo estará mais calmo.

E acrescentou:

- Diga para ela não ter medo. A morte ainda não a quer. Por enquanto só você a deseja... e ela sabe. Se cuida!

Era sábio o mestre Tassos. Conhecia as mulheres, tanto quanto o mar. Ao atingir o outro cabo o tempo se acalmou e, inclusive, o vento parou de soprar. Logo chegamos no porto. Permanecemos por dois dias longe da cidade, mas para mim parecia um mês.

Agradecemos ao Tassos, que nos deu uma lagosta para o jantar e tomamos o caminho de casa. Quase chegando em casa, Alexandra perguntou preocupada:

- Será que Marilena já voltou?

Não entendi sua expressão e tampouco a pergunta. Por que perguntava? De que tinha receio? Preferia ficar sozinha comigo ou sentia falta de Marilena? Não creio. Pelo menos me foi possível observar que ela não demonstrava nenhuma ansiedade por Marilena. Resolvi entrar no jogo.

- E daí? Se voltou seja benvinda!

Me olhando com um sorriso nada malicioso, Alexandra falou em tom de censura:

- Você é sempre assim tão cínico quando alguma coisa não te interessa mais?

- Não acho que eu tenha me interessado, em qualquer ocasião, respondi plenamente convicto do que estava afirmando.

Ela, entretanto, estava muito interessada e eu sabia muito bem. É claro que sabia, depois de tudo que ouvi naquela noite.

- Mais uma vez você vai me achar cínico, mas mesmo assim vou lhe dizer que o problema só diz respeito a ela, falei com determinação.

- Ok, ok! Não vamos brigar por causa disso agora. Aliás, de quem é o problema, só o tempo dirá.

Suas palavras foram simbólicas, ou melhor, proféticas como ficou provado mais tarde. De qualquer maneira elas ficaram gravadas em minha mente.

Ao subir as escadas de minha casa eu me sentia mais ansioso que Alexandra. O fato de ter tomado uma decisão e de que minha jogada estava ganha, não contava muito, já que a volta de Marilena, indiscutivelmente, complicaria minha vida.

Minha vizinha Niki, me vendo pensativo, exclamou:

- Que cara é essa? Você deve está abatido de novo, ho-mem!

Sorri e subi mais um degrau. Coloquei a mão no batente da janela e senti um alívio. A chave estava lá onde a deixei. Me voltei para Alexandra sem dizer nada. Ela me fitou, esboçou um sorriso e mudou de ideia. As coisas tomavam um rumo decisivo. Não era hora para sorrisos sem graça. Tudo estava arrumado em nossas mentes.

Sem Marilena em casa não haveriam pretextos. Viria o que tinha que vir. No entanto, não era nada disso. Algo mais forte começava. Algo que prenunciava um fim duvidoso, cheio de perigos.

Pela primeira vez, em minha vida, entrei em casa sentindo a emoção de um aluno que se apresenta para uma prova, sem ter estudado. A única saída para esses momentos de angústia é o humor.

- Cara ou coroa, gritei, quem entra primeiro no banheiro.

Há dois dias nossos corpos não viam água doce e esta-vam cobertos de sal.

- Cara, gritou Alexandra.

E deu cara. Não gostei de perder, o meu cavalheirismo não chegava ao ponto de ceder meu lugar.

- Sua careta! Pediu cara, tai! Cara pra você!

Ela já estava no quarto tirando a roupa e eu continuei:

- Você tem sorte de novato.

Me deitei no sofá e esperei ela terminar seu banho.

- Qual o programa? Perguntou quando saiu.

- Você quer saber o que vestir? Perguntei com ironia.

- Não exatamente.

Veio sentar na beirada do sofá. Estava meio molhada e ainda enrolada na toalha.

- Com você nunca se sabe. Podemos sair para jantar e acabarmos dormindo no "Diles", no meio das antiguidades.

- Então é melhor você arranjar um funcionário público para ter uma vida calma, ordenada, repliquei olhando para o teto.

- Nosso humor, hoje, vale a pena! Disse irônica, como se eu fosse a pessoa mais mal humorada sobre a face da terra.

Me beijou compassiva e foi se arrumar.

Saímos de casa limpos, refeitos.

- Hoje vamos curtir a vida social, declarou categórica. Chega de festas e de matança de porcos. Assim acabo virando caipira.

Enquanto falava, descíamos a ruela que vai do Kastro até Alefkandra e chegamos adiante do Montparnasse, o bar do Manolis.

- Vamos entrar aqui neste bar tipo francês para tomarmos o primeiro gole e mudarmos de ambiente.

Puxei ela para dentro rindo. Realmente a atmosfera criada pelo Manolis era única. Primeiro a música... O compositor mais moderno que se ouvia naquela vitrola teria uns cento e oitenta anos se ainda fosse vivo.

Quando entramos nossos ouvidos foram premiados com Tristão e Isolda, de Wagner. Pedi alguma coisa mais alegre e com muito custo foi colocado na vitrola o concerto em fá menor, de Tchaikowski. Pelo menos com Tchaikowski a vodka cai bem, pensei, são conterrâneos.

As paredes estavam repletas de cartazes, fotografias. Nada a ver, porém com os do Kiuka. Nenhum estadista ou frases políticas. Reinava, sim, em toda a sua grandeza, o traseiro de Goulue, a heroína de Toulosse Lautrec, do glorioso tempo do Moulin Rouge de Paris. Ele estava, também, desenhado nas toalhas das mesas como costumava fazer o grande artista.

A seguir, dava para ver Maurice Chevalier com sua clássica palheta. Mais adiante se destacava Piaf, rodeado por muitos companheiros nossos que já emigraram para as terras do Senhor.

De modo geral esse "alegre" bar europeu tinha um estranho e macabro frescor. E me perguntava: na matança do porco, como era óbvio, a morte também não estava presente? Conclui que a morte fica sempre nos rondando e que todos nós caminhamos em sua direção. A cada hora que passa mais nos aproximamos dela.

Com esses pensamentos engoli mais uma vodka. Saímos a procura de outro bar com mais vida. Entretanto, a bebida já cantava alegre dentro da gente.

Entramos à direita, no bar do Nicos, o doidão.

Lá estava Vanguelió, a famosa Vanguelió de Míconos dando suas voltinhas:

"Quando eu morrer, me ponham..."

Afinal, todos pensamos na mesma coisa e até mesmo, nos momentos mais alegres. Me sentei num banquinho junto do balcão enquanto Alexandra olhava Vanguelió dançar zeimbekiko. Não permanecemos muito tempo ali porque a coisa ficou monótona. A gente tem que estar muito disposto para aguentar bouzouki e zeimbekiko.

Resolvemos ir para o restaurante do Somi, na praia de Alefkandra, para jantar. Eu habitualmente não comia lá, mas a noite estava bonita e conseguimos uma mesa com vista para o mar.

Me lembrei da lagosta do Tassos e vendo passar o Anthonis, o mudo, lhe dei uns trocados para que ele fosse em casa buscá-la.

Enquanto jantávamos, passamos a conversar. Nada de importante. Banalidades. De repente nos calamos. Eu tentava adivinhar seus pensamentos e ela os meus. Trabalho perdido, sem dúvida. As mesmas ideias dominavam em nós dois.

Bebendo, eu procurava afugentar um pensamento fixo, misto de expectativa e desejo. Transformar tudo isso em realidade seria selar uma batalha já vencida. Entretanto, eu não chegava até aí. A influência de Alexandra era tão grande que me assustava a perspectiva do dia seguinte, após uma noite em que nossa união se tornava mais forte.

Fiquei aborrecido com os meus próprios pensamentos que, afinal, me pareciam infantis para um homem da minha idade.

Esvaziei meu copo e pedi a conta, deixando a lagosta para o mudo.

- Para onde vamos, se posso perguntar? Quis saber Alexandra com um sorriso irônico.

- Para lugar nenhum, respondi no mesmo tom. Perdi a fome.

Não se podia perder o controle, nem por um minuto, diante daquela moça. Ela percebia na hora e ironizava. Era um demônio de saias e eu só poderia enfrentá-la de forma diabólica também.

Nos levantamos e seguimos o mesmo caminho de volta.

Passamos novamente pelo Montparnasse, onde tomei mais duas vodkas seguidas.

- Você parece que vai saltar de paraquedas e bebe para criar coragem, disse Alexandra.

Ela já tinha me aborrecido bastante e recebeu a resposta que merecia:

- Bebo justamente para não sentir o salto e não para criar coragem.

Acho que ela não gostou. Continuamos andando até chegar em casa, completamente calados. Esfriamos. Fomos para os nossos quartos sem mesmo trocarmos um boa noite. Troquei a roupa como um autômato e deitei. Nem cheguei a acender a luz do quarto.

A lua iluminava a metade do aposento. Fiquei de olhos abertos fitando o teto. Estava irritado. Pensava na virada repentina que o caso tinha sofrido nestas últimas horas.

Durante quarenta e oito horas eu vivi num paraíso. Nesse espaço de tempo fiquei tentando e consegui chegar onde queria. Lutei porque a amava tanto e a queria. E agora? Que teria acontecido comigo nesta última meia hora? Por causa do meu falso e tonto amor próprio estraguei uma atmosfera sublime, conquistada depois de muita luta. No momento de colher os louros da vitória eu joguei tudo por terra com apenas uma frase boba, infantil, impensada!

Continuava ali, com o olhar fixo e pensando na melhor maneira de contornar a situação, quando a sombra de Alexandra apareceu na porta. Finalmente a dona da sombra entrou no quarto.

- Vim dizer adeus, falou com decisão.

Ela ainda estava vestida e trazia a bolsa a tira colo. Meu sangue gelou. Me ergui na cama e sem poder disfarçar meu nervosismo, perguntei:

- Aonde vai?

- Ainda tenho meu antigo quarto. Que mantenho alugado. Vou voltar pra lá.

Assim que me recuperei um pouco, retruquei:

- Mas, a esta hora? O que aconteceu?

- Ah! Strati querido. É melhor assim. Não gosto que a pessoa, por quem sinto alguma coisa, fique bebendo para tentar esquecer no dia seguinte, um prazer passageiro.

Acabou de falar e se virou para sair. Enquanto a escutava eu procurava encontrar uma solução. Tinha duas alternativas: ou falava "tudo bem, tchau" ou pedia desculpas pela minha grosseria. Na primeira hipótese eu corria o risco de perdê-la. Provavelmente ela iria mesmo embora. A segunda feria, sobretudo, meu orgulho, além de me arriscar ao fracasso por se tratar de uma mulher como Alexandra.

- Ok. Você é quem sabe, disse calmamente. Só que as pessoas quando sentem algo, como você diz, não jogam no lixo esse algo. Convenhamos, que coisas assim não acontecem tão facilmente. Não são encontradas ao acaso.

Alexandra hesitou um pouco e sentou na beira da cama. Permaneceu alguns instantes em silêncio, me olhando nos olhos. Era o momento da decisão e eu, também, fiquei quieto. Não quis me arriscar. Já tinha cedido bastante e ela não gostaria que eu implorasse.

Repentinamente pareceu tomar uma decisão. Os reflexos da lua me permitiram vê-la se despindo. Jogou longe a camisa e a calça "jeans" que vestia. Quando vi ela nua e selvagem, na claridade que entrava pela porta da sacada, não me pareceu mais aquela garota da praia. Era, agora, uma mulher. Mulher de corpo espetacular, cheia de paixão, ansiosa por dilacerar e ser dilacerada.

Se jogou na cama. Ela estava ardendo e tinha a respiração descompassada. Criatura divina! Segurando seu rosto, eu a beijava com tanto amor, como jamais tinha sentido em minha vida.

Foi uma noite de loucura e de paixões sem fim!

A lua se escondeu. O dia vinha raiando... e nós continuávamos fazendo amor. Sem tréguas e sem limites!

Exaustos, acabamos adormecendo um nos braços do outro. A respiração de um aquecia os lábios do outro...

CAPÍTULO 11

Devia ser meio dia quando acordei porque fazia calor.

Alexandra dormia pesado. Metade do seu corpo estava em cima do meu e a outra metade quase caindo fora da cama.

Seus cabelos negros, soltos, por pouco tocavam o chão. Quis me levantar, mas desisti para não acordá-la. Naquele instante olhei maquinalmente para a outra extremidade do quarto, onde estava a cama de Marilena.

Tive a impressão de ter recebido uma descarga elétrica. A cama estava desfeita. Ninguém poderia ter dormido ali a não ser que... e aí vi a malinha de Marilena em baixo da cama.

Me levantei. Alexandra estava semiacordada.

Tive um sentimento de vergonha, acompanhado de remorso. Minha mente começou a trabalhar na elaboração de uma falsa apologia. Alexandra, com os olhos meio fechados, tentou me beijar.

- A Marilena, falei quase gaguejando. Minha expressão revelava a tragédia que me envolvia.

Ela arregalou os olhos.

- Onde? Perguntou assustada.

Apontei para a cama apenas com o olhar.

- Acho que dormiu aqui, falei quase sussurrando.

- O que? Gritou e se levantou como se fosse impulsionada por molas.

Estava pálida. Branca, mesmo. Saiu do quarto enlouquecida e percorreu toda a casa. Procurou por Marilena em todos os lugares: banheiro, cozinha... e voltou para o quarto. Não sei como, mas ficou mais branca. Se acomodou na ponta da minha cama...

- E agora? Onde será que ela está?

Alexandra se mostrava verdadeiramente apavorada.

- Não sei. Só sei que dormiu aqui.

Mais uma vez olhamos a casa desarrumada.

- Provavelmente ela estava dormindo quando entrei no quarto ontem a noite.

- E você não a viu? Gritou histérica.

- Não acendi a luz. Deitei direto.

- Quer dizer que ela estava aqui a noite toda? Sussurrou desesperada.

- Deve ter presenciado tudo, lembrei balançando a cabeça cheio de tristeza.

- Não é possível! Balbuciou.

Seu rosto tinha uma expressão de intenso pavor.

- Você sabe há quantos anos ela está apaixonada por você?

Fiquei ouvindo sem a interromper e o remorso crescia dentro de mim.

- Quando você a convidou para vir a Míconos, continuou Alexandra, ela sentiu que seu sonho seria realizado.

- E desde quando eu me tornei no sonho de alguém?

- Não venha com ironias agora. O momento não admite piadas.

Falava com determinação, não aceitando réplicas.

- Quando você, de certa forma, a desprezou, se recusando a fazer amor com ela, eu a encontrei no bar do Billis, em estado desesperador, bebendo para esquecer a humilhação.

Fez uma pausa e prosseguiu:

- Marilena é uma criatura muito sensível. Ela entendeu que estando aqui com você, inclusive, no mesmo quarto e nada aconteceu, seria absurdo esperar um melhor relacionamento em Atenas. Era caso perdido.

Num tom quase de compaixão, Alexandra continuou:

- Não sei o que aconteceria com ela se não tivesse me encontrado. Marilena precisava desabafar. Contar seus problemas, suas mágoas. Tinha necessidade urgente de falar com alguém...

- E foi aí que surgiu a ocasião que você esperava...

- Pare com esse cinismo, gritou.

Seus olhos faiscavam e ela passou a explicar:

- Naquela noite ela veio para minha cama porque embora dormindo ao seu lado, ela inexistia para você. Marilena sentia sua presença e obviamente se excitava. Fui eu quem a induziu a fazer amor comigo. Ela nunca tinha experimentado o amor de outra mulher. Mas, ao estado em que você a reduziu, Marilena não teve outra saída.

- As pessoas não se reduzem a certos estados empurradas por alguém. Devem saber controlar sozinhas suas emoções.

- Mas ela não tinha esse poder. E daí? Gritou fora de si.

- Você grita para se defender. Para impedir que eu a acuse, vociferei em tom de recriminação.

- Repito, ela não tinha outra saída. Pensou, talvez em provocar seu ciúme, sua reação. Mas você... o seu egoísmo...

- E você foi altruísta, repliquei com ironia.

- Já disse, não nego nada. Porém, você é o autor intelectual desta tragédia moderna.

- Seria melhor, ponderei recobrando a calma, deixarmos de lado essas acusações mútuas e procurarmos um meio de enfrentá-la, ou melhor, de enfrentar esta situação.

- Eu nada tenho para enfrentar. Absolutamente nada, berrou com raiva. O problema é seu, você vai resolver sozinho.

Seu comportamento revelava um completo histerismo. Continuou acusando:

- É você o responsável. O cérebro. O culpado! Eu vou embora. Embora daqui, da ilha.

Saiu e bateu a porta. Eu torcia para que o vento a acalmasse. Este último acontecimento me causava calafrios. Eu não suportaria perder Alexandra, tendo, ainda, que enfrentar Marilena em sua imensa tristeza.

Passei pelo pequeno escritório e saí na sacada. Alexandra estava debruçada na grade de madeira e seu olhar vago se voltava para o mar. Me aproximei e abracei pela cintura.

- Eu vou embora, repetiu.

Agora, porém, um pouco mais calma.

- Você não vai a parte alguma, falei de modo incisivo e completei:

- Não tenho que dar satisfações a ninguém. Segundo minha consciência, não fiz nada de errado.

- Sua consciência não tem limites, falou indignada.

- Não tem mesmo!, retruquei, me afastando dela.

Depois de alguns instantes, mais calmo, tranquilo, fui peremptório:

- Escuta aqui, Alexandra! Ficar brigando para sabermos quem tem mais ou menos culpa é infantil e pouco inteligente. A vida continua. Se arrume para irmos na praia. Vamos encontrá-la.

Ela escutou calada e depois, lentamente, sem me olhar saiu da sacada e entrou em seu quarto para se trocar.

Saímos logo em seguida. No porto, entramos no primeiro barco que apareceu e fomos para Aghios Stefanos. O tempo estava bom. Pequenas ondas se encrespavam e borrifavam nossos rostos. Eu me sentia muito bem. E por que não? Tinha passado uma das noites mais lindas da minha vida ou, pelo menos, destes últimos anos. Minha paixão por Alexandra era incontestável e depois de uma noite de amor, de loucuras, essa paixão tinha se tornado imensurável.

Acho que não aconteceu o mesmo com Alexandra. Ela se mantinha calada, tristonha. Olhava séria para o mar, enquanto o barco avançava lentamente, balançando ao ritmo das ondas. A situação de Marilena aborrecia Alexandra. Sendo mulher ela era mais sensível. Preferia, naturalmente, que sua amiga não tivesse passado por aquela experiência. Que não tivesse presenciado nossa noite de amor. Talvez sentisse remorsos... ou quem sabe, a volta de Marilena estivesse contribuindo para reavivar sentimentos, quaisquer que fossem.

Pensamentos obscuros começaram a me torturar. Me surgiu a ideia de que Alexandra estaria arrependida pelos acontecimentos daquela noite. Da nossa noite. Ela, entretanto, tinha se mostrado tão feliz! Mas, poderia ter sido uma felicidade momentânea, passageira.

Minha aventura tinha sido efêmera. A presença de Marilena restabelecia o suplício e a incerteza daqueles últimos dias. Por que voltou?

Ofereci um cigarro à Alexandra para ver sua reação. Quem sabe tudo aquilo não passavam de meras suposições, frutos da minha imaginação doentia. Infelizmente, não houveram mudanças.

Ela não aceitou o cigarro. Moveu negativamente a cabeça, sem me olhar. Ficou patente que ela não estava simplesmente distraída. Sua mente, também, devia estar trabalhando tanto quanto a minha. Estaria pensando na decisão a ser tomada e não sabia qual.

Em quinze minutos alcançamos a praia de Aghios Stefanos e fomos diretos ao pequeno café da colina. A colina era muito alta e abrupta, nos dava uma visão ampla da linda praia de areia branca. Pouca gente nadava. A maioria estava, ainda, espalhada sobre a areia.

Instintivamente, eu procurava Marilena. Ela gostava muito daquela praia e às vezes ia até ali sozinha, Contudo, não a vi em nenhum lugar.

De repente, ao pedir dois ouzos pro garçom, olhei para uma enseada, na outra ponta da praia. Lá, entre duas grandes rochas, vi uma faixa de areia e sobre ela vislumbrei Marilena andando sozinha. Cutuquei Alexandra e lhe indiquei o ponto que eu a tinha visto.

- Sua amiga está sonhando solitária, disse meio irônico.

Alexandra volveu bruscamente a cabeça para aquele lado. Ficou olhando alguns segundos, meio estática, Depois se levantou.

- Vou ao encontro dela.

Segurei suas mãos e calmamente obriguei ela a se sentar de novo.

- Tome primeiro o ouzo e não fique tão nervosa.

A verdade, entretanto, é que eu também estava nervoso. Afinal, a volta de Marilena trazia problemas e complicações para nós. Era, sem dúvida, um adversário que, eventualmente, me incomodava.

Ela tomou apressadamente dois goles da bebida e saiu em direção à enseada.

As duas pararam por alguns instantes, se olhando mutuamente. Depois, num movimento simultâneo, uma se atirou nos braços da outra. Permaneceram assim abraçadas longos segundos. Não sei se diziam alguma coisa. Se separaram e começaram a caminhar, bem juntinhas. Parecia que Marilena falava o tempo todo. Podia estar relatando os problemas de Atenas ou quem sabe comentando e tentando descobrir os fatos daqui.

Essa reviravolta me preocupou. Pedi mais um ouzo. Tomado pela agonia, meu cérebro começou a funcionar. O que acontece agora? Como fica Alexandra entre nós dois? Vai ficar comigo? Ou voltar para Marilena por amor ou, quem sabe, por compaixão?

Iniciava para mim um novo ciclo de angústia, talvez maior que o anterior. Agora eu podia avaliar o quanto amava Alexandra. Eu a tinha conquistado. Ela me pertencia. Apesar disso devia continuar lutando para, realmente, alcançá-la.

Em que triste aventura me envolvi sem perceber! De fato, pela forma como caminhavam, tão unidas, não parecia que Alexandra tinha tomado alguma decisão. Qual seria sua pretensão? Dividir seu amor entre mim e Marilena? Não creio que eu fosse capaz de suportar essa situação. Se, efetivamente, as coisas tomavam esse rumo seria melhor eu ir embora. Mas, conseguiria eu me afastar? Cruel suplício! Perdido nesse emaranhado de pensamentos, vi as duas subirem a colina. Vinham em minha direção.

Voltei a sentir a sensação do aluno que entra em exame sem conhecer a matéria. A insegurança me dominava. A que ponto eu tinha chegado! Eu não tinha medo de enfrentar Marilena. Meu receio era outro: perder Alexandra, em face da situação.

Eu não aguentava mais. Vinha me empenhando com todas as forças para convencer Alexandra a ficar comigo. Estava cansado de usar sempre os mesmos argumentos. Mas porquê, Marilena não ficou em Atenas? Tudo correu tão bem durante sua ausência! Senti vontade de jogá-la no precipício, enquanto caminhava na minha direção. Que fosse para o inferno e nos deixasse em paz. Um pingo de gente, uma coisinha insignificante, atrapalhando minha vida! Pela primeira vez alguém me contrariava tanto assim. Ela estava destruindo toda a felicidade que eu tinha construído com tanto sacrifício.

Sou egoísta e não nego. Que mal tem isso? Eu sempre consegui tudo que quis na vida. E de repente aparece um ser mais forte – seria mais forte? – para estragar tudo. Marilena! Marilena! Isso era demais.

Com esses pensamentos fervilhando em minha mente, não podia nem mesmo fingir satisfação pela sua volta. Me limitei a perguntar:

- Como vai seu irmão?

A resposta dela não podia ser mais seca:

- Bem.

Vazei logo. Fui na praia pra mergulhar. Cansei das duas. A água gelada me fez bem. Restabeleceu minha calma. Era óbvio! As crises dos paranoicos não são amenizadas por meio de banhos gelados? Comecei a dar risada, fazendo do meu caso um divertimento. Descansava no sol, quando me chamaram para o almoço.

Enquanto comia, procurei evitar pensamentos sobre o assunto e a bebida me ajudou a esquecer. Era um dia agradável! Contudo, por volta de quatro horas começou a ficar nublado, com o por do sol. Dava para sentir o Outono.

Resolvemos voltar. Entrando no porto, com o barco, vimos o navio que ia para Pireus. Pela primeira vez, desde que venho a Míconos, tive inveja dos que voltavam e senti uma estranha saudade de Atenas. Estranho esse meu comportamento! Sempre deixei Míconos com tristeza!

Sem dúvida, as coisas não estavam bem. Aliás, eu estava sendo dominado por um conjunto de fraquezas e isso eu não podia admitir. Mas, o que posso fazer... "ninguém é perfeito", como diz minha faxineira.

CAPÍTULO 12

Chegando em casa fui direto para a cama. Não queria perder minha sesta com pensamentos negros e aborrecimentos. As moças ficaram conversando na sala.

Acordei bem tarde. Não havia ninguém em casa, o silêncio era absoluto. Saí na sacada. O mar estava calmo e o sol tinha se posto atrás de Syros, deixando reflexos vermelhos no ocaso.

Com a chegada de Marilena começaram os desaparecimentos de Alexandra. Voltou o tormento, a incerteza, a busca e as preocupações. Enfastiado, entrei no banheiro. No espelho, um recado escrito com batom vermelho: "às dez no Fouskis para jantar". Nenhuma assinatura e não consegui reconhecer a letra. Mas, que diferença fazia se eu soubesse a origem?

Cheguei a conclusão que eu vinha executando as funções de hoteleiro. Ou seja, oferecia acomodações para um excelente descanso a beira mar, numa casa pitoresca, com café da manhã na varanda, vista para Delos e serviço completo de quarto, prestado por minha arrumadeira, dona Marigó.

Quanto as refeições, atendia recados relativos ao local

onde deveria me apresentar para oferecê-las. Maravilhoso! Além disso, caso alguma das senhoras quisesse satisfazer seu apetite sexual, eu estaria ali, a qualquer hora para oferecer o serviço.

Não sei se tudo isso que disse parece exagero. Porém, eu me sentia dessa forma e não me orgulhava disso. Saí de casa extremamente nervoso e me encaminhei para o mar. Para o mal de meus pecados, Dimitró Kiliamburis me chamou quando passava na frente do seu estabelecimento.

- O Strati! O que você está procurando, andando desse jeito?

- Eu não procuro nada. E você o que está fazendo?

- Haa! Eu procuro freguesia. Cadê sua dupla hoje?

Não estava afim de brincar. Aliás, tudo que dizia respeito às duas moças me incomodava e a conversa de Dimitró me encheu o saco. Sorri meio sem graça e continuei andando.

Tinha encontrado mais coisas para me perturbarem. E se começarem a me sacanear na ilha, por causa daquela aventura? E se a situação piorar para o meu lado? Por que Dimitró brincou comigo? Os comentários, provavelmente, tomavam conta da cidade. As pessoas eram minhas amigas e nos divertíamos juntos. Contudo, sempre existiu entre nós uma certa distância, certo respeito. Aquela brincadeira, realmente, pegou mal.

Talvez a brincadeira de Dimitró fosse inocente. De qualquer forma, o problema tinha deixado a intimidade do meu lar e percorria as ruas de Míconos.

A situação tomava aspectos desagradáveis, mas apesar disso, não passava pela minha mente nenhuma ideia ou intenção de acabar com aquela aventura.

Eu não me conformava de ter ficado com Alexandra em meus braços, durante dois dias e duas noites e perdê-la de uma hora para outra, com a chegada de Marilena. Todo mundo via isso. Ninguém era cego. Todos, também, enxergavam, claramente, minha paixão por Alexandra.

Nesse estado de espírito cheguei no bar do Alecos. Não havia quase ninguém. Apenas distingui duas ou três pessoas, na penumbra. Pedi um uísque. Minha cara devia estar bem ruim porque ele me perguntou o que eu tinha, com um ar muito estranho. Respondi meio áspero que eu não tinha dormido bem a sesta. Ele balançou a cabeça e aquele gesto me pareceu repleto de subentendidos. Terminei o uísque e peguei o dinheiro para pagar.

- Oferta da casa, disse Alecos. Para afogar as mágoas.

Deixei o bar, pior ainda. O caso alcançava dimensões alarmantes. Não se tratava mais de uma questão pessoal minha, e das duas garotas. Agora, segundo minhas deduções, o assunto era de domínio público. As pessoas da ilha acompanhavam com estranheza o meu problema, prontas para comentar e rir de mim.

O pânico me dominava. Eu travava, dentro de mim, uma intensa luta entre meu amor próprio e meu autocontrole. Desse jeito minha derrota seria inevitável. Só me restava recorrer à lógica para tomar uma atitude.

Quando cheguei no restaurante do Fouskis ainda era cedo. Faltava muito para as dez, horário que elas estabeleceram. Pedi vinho e um tiragosto para passar o tempo. Tentei esquecer o assunto, e fixei minha atenção na música que vinha da vitrola. Foi apenas uma tentativa, na verdade não tirei os olhos da ruela, por onde as moças viriam.

Fouskis veio com um copo na mão e se sentou comigo.

- O que você tem, homem?

Pensei com meus botões: "este também está sabendo".

- Não tenho nada, cara!

- Como não tem? Fica aí sozinho, não conversa com ninguém e com uma cara de viúva desconsolada!

Dei risada porque as expressões de Theodori Fouskis

eram muito engraçadas. Além disso, por ser um grande amigo, tinha o direito de se preocupar com meus problemas.

- Não acho que esteja me acontecendo qualquer coisa de específico.

- Específico ou não, pra mim você está enrolado, abatido. E você não é assim. Eu não sei o que aquelas duas fazem entre elas. Mas, acredito que você esteja fazendo o que deseja com aquela que te agrada. Não é isso?

- É isso aí, confirmei balançando a cabeça.

- Então o que te aborrece tanto, a ponto de não permitir que você fale com alguém?

- Deixa pra lá. Não é nada mesmo.

Tentei convencer ele que tudo estavam bem.

- Você pode negar, mas não aceito. Estando fora do jogo eu vejo com maior clareza os lances. Como você não quer falar, eu mesmo vou tomar a liberdade de dizer o que está acontecendo. E se eu estiver certo, conto com sua honestidade para confirmar.

Encheu seu copo de vinho e passou a tecer considerações com um jeito de médico do interior.

- Você é um cara formidável e tem seus casos sempre numa boa. E agora, o que te enche o saco nessas duas?

Quis responder, mas ele não me deixou.

- Você fica puto com seu próprio orgulho. Por que não aceita que ela durma com você e com a outra também. Lá dentro você diz: "será que eu não chego"?

Tentei interromper, mas mais uma vez ele não permitiu. Sua expressão era persuasiva, revelando, ao mesmo tempo, compaixão.

- Agora responda, meu querido, por que você conduz a questão orientado pelo orgulho e não se diverte, como sempre fez?

Seus olhos, fixos em mim, me interrogavam. Tomei mais um gole de vinho e, com toda calma, declarei:

- Eu gosto daquela mulher e não pretendo dividir com ninguém.

Não parecia ou não queria entender, talvez por não encontrar argumentos para refutar minha declaração tão séria e direta.

Bebeu mais um pouco e quando ia falar denovo. Não teve tempo. As moças chegaram sorrindo.

Alexandra pegou meu copo e, ns saudou com um "viva", tomou tudo num só trago. Theodoris nos deixou e se encaminhou para a cozinha. Uma das mulheres sentou na minha esquerda e a outra na direita. Marilena, pensativa, se sentia incomodada com minha presença. Ela, entretanto, nunca poderia imaginar o quanto me aborrecia o fato, de ela estar do meu lado.

Porém, Alexandra revelava de bom humor, e me transmitia alegria. A conversa com Fouskis surtiu efeito. Eu me sentia bem melhor. Cheguei até a pensar em ir para Atenas a fim de mudar de ambiente por algum tempo. Isso, naturalmente, era apenas uma ideia e sua concretização ainda estava distante.

Marilena falava pouco. Era evidente o seu desagrado com aquela situação. Seu amor próprio, segundo sua concepção, havia sido ferido. Diante, porém, do nosso envolvimento as suposições e opiniões não tinham consistência.

Necessitava de uma solução. Todavia, eu não conseguia vislumbrar nenhuma perspectiva de obtê-la. Nenhum de nós queria ceder ou tomar uma posição coerente, realista, clara. Talvez minha postura fosse a mais correta, tomando a decisão de mandar embora Marilena. Seria, quem sabe, dar murro em ponta de faca, já que, ninguém me poderia garantir que Alexandra não a seguiria? Ali estava eu, de novo, num círculo vicioso. Em meio ao meu embaraço, ouvi Marilena dizer:

- Bom, eu vou dormir.

Tive uma sensação estranha, um misto de alegria e incerteza. Ela indo embora me deixava a sós com Alexandra. Mas, e se Alexandra a seguisse?

Tudo aconteceu em questão de segundos. Não tive condição de avaliar o que era maior dentro de mim: a satisfação de ficar sozinho com Alexandra ou a agonia de vê-la acompanhar Marilena. Fiquei sem saber.

Num movimento brusco Alexandra ficou em pé e gritou:

- Espere um minuto. Vou com você.

S curvou para pegar a bolsa na cadeira ao lado, se preparando para sair.

De forma quase violenta, peguei ela pelo braço e a fiz sentar. Reação inesperada, automática. Nem eu consigo justificar.

Minha atitude foi muito errada. Alexandra jamais iria ceder a uma violência amorosa e confirmou isso. Delicadamente, afastou meu braço e sorrindo ironicamente me advertiu:

- Sem machismos... seu Humphrey Bogart!

Calma e com um ar de indiferença, se levantou decidida, saindo apressada para alcançar Marilena que já estava distante de nossa mesa.

Fiquei mudo, estático. Parecia ter sido atingido por um raio. Minhas mãos tremiam e o sangue circulava loucamente em minhas veias. Minha boca ficou seca. Perdi a noção do que acontecia ao meu redor. Apanhei o primeiro copo de vinho que vi na minha frente e engoli num gole. Talvez, apenas por instinto de conservação, uma vez que não tinha consciência dos meus atos.

Não sei quanto tempo durou essa espécie de letargia. De repente acordei e uma pergunta martelou meu cérebro: "e agora como ficamos?" A frustração, decepção e mágoa tomaram conta de mim. Não sabia o que fazer. Todos os sonhos estavam desfeitos. Não sobrou nada. Nem mesmo as alegrias de ontem.

A situação se tornava insuportável. Eu não podia admitir que uma garota como Alexandra me submetesse a tal humilhação. Era demais! Eu devia fazer alguma coisa. Mas, o que? A paixão que eu devotava a ela anulava em mim qualquer tipo de reação lógica.

Voltar para Atenas, definitivamente, seria a solução mais plausível. Mas, isso eu não aceitava. Evitava até pensar.

Saí do restaurante sem pagar. Voltaria amanhã. Como poderia encarar Fouskis naquele momento? Passei pelas ruas mais escuras, evitando as de maior movimento, como se tivesse vergonha de ser visto. Temendo, talvez, que minha aparência pudesse revelar meu estado de espírito.

Não queria encontrar ninguém. Por isso me desviei dos pontos mais comuns e saí na ruela em frente à Santa Kyriaki, onde se localiza o bar do Piero. De cabeça baixa, atravessei a pracinha, e me enfiei lá dentro.

Todos naquele bar, normalmente, me eram estranhos. Ninguém, portanto, iria puxar conversa. Para meu azar, o bar hoje estava lotado, embora não fosse temporada turística. De qualquer forma me sentei e pedi um uísque, depois de cumprimentar secamente o garçom Nicolas. Imediatamente liguei a máquina produtora de pensamentos negros.

Tinha perdido a conta das doses já tomadas, quando ouvi uma exclamação em inglês, numa voz conhecida:

- Coisa ruim esses pensamentos negros!

A frase era a mesma que uma moça americana tinha pronunciado há alguns dias, ou melhor, na noite em que conheci Alexandra naquele mesmo bar. A história se repetia e ali estava Jill.

Vinha das Cyclades, em seu iate, e parou em Míconos por uma noite. No dia seguinte saíria para Saint Tropez.

- Você é minha garota de sorte! Falei com ironia. Toda vez que a encontro estou quase morto. A um passo da sepultura.

O encontro com Jill me fez bem. Só o fato de conseguir brincar já representava alguma coisa. Mesmo uma brincadeira meio amarga!

Ela me fez uma reportagem sobre o seu passeio pelas ilhas e, meio distraído, eu viajei, também, de Nió até Patmos e de Amorgos à Santorini. Sua conversa, ainda que temporariamente afugentava da minha cabeça o pesadelo Alexandra--Marilena. Isso me aliviava um pouco.

Passei a sentir gratidão por aquela moça despreocupada, originária de terras tão distantes. Da América. É óbvio que no presente instante ela vivia num outro mundo, tanto intelectual quanto geográfico e completamente alheia aos meus problemas. Dificilmente ela poderia ser envolvida por eles. Todavia, Jill demonstrava um estranho interesse por mim, ouvindo com simpatia minhas reclamações.

Bebemos juntos, sem limites e isso me ajudou a sair um pouco daquela situação sufocante. A certa altura Jill me convidou para sentarmos na mesa de um casal de amigos. O casal tinha ficado com ela no iate, enquanto os outros componentes do grupo seguiram de avião, de Santorini para Atenas. Acompanhei ela até a mesa e durante o caminho, me percebi que estava bastante zonzo. Com dificuldade me mantive aprumado para completar o pequeno trajeto.

Me lembro que ela fez as apresentações, mas não prestei atenção nos nomes. O par de americanos era casado. Nenhum dos dois tinha mais de trinta anos. Pareciam encantados com minha presença e provavelmente pensavam: "os amigos de Jill são nossos amigos".

Imediatamente pediram outra garrafa de champanhe. Logo entendi que eles pertenciam aquela categoria de pessoas que para tomar uma aspirina, abrem um Don Perignon.

O champanhe depois do uísque cumpria sua função devastadora ou melhor, salvadora, já que Alexandra se tornou em uma imagem nebulosa, e meio apagada na minha mente.

Bastou eu me lembrar que teria que voltar para aquela casa, que acabei sentindo calafrios. Sem dúvida, encontraria as duas abraçadas, se amando, no quarto ao lado do meu.

A ideia de renúncia, em relação a Alexandra, começou a ganhar terreno em meu subconsciente. Sabia que Jill iria me convidar para dormir no iate e fiquei tentando encontrar forças para não recusar o convite.

A garrafa ficou vazia, e ela nem precisou me convidar. Seu olhar realizou o trabalho e minha aceitação seguiu o mesmo processo. Jill, naquela noite, era a salvação americana, loira, sem compromissos.

Caminhamos até o cais onde estava atracado o iate. Meus braços se apoiavam em seus ombros e os dela enlaçavam minha cintura. O vento refrescava e aliviava minha cabeça aturdida.

Quando alcançamos a escada do veleiro preto, com mastros altos e brancos parei antes de subir, e perguntei:

- Que horas são?

Procurou a claridade da luz do poste para ver o relógio de pulso.

- São três e trinta, falou hesitante revelando receio de que eu fosse embora.

Demorei uns cinco minutos para me recompor um pouco e gritei:

- Vamos!

- Vamos aonde? Perguntou com medo.

- Acorde eles. Acorde a tripulação e vamos embora, repeti. Você não me falou que parte de manhã para Saint Tropez? Então, vamos! Esta é a melhor hora para começar uma viagem marítima.

Me olhou com uma expressão de alegria e de surpresa. Alegre pela minha companhia e surpresa porque o meu jeito meio devagar não retrava o louco que realmente eu era.

Os preparativos levaram cerca de dez minutos. Partímos. Deitado de baixo da amurada da popa eu enchergava as luzes do porto se afastando.

Quando fizemos a volta para contornar o cabo de Diacofti, visualizamos as casas de Venetia (Veneza). A luz do meu escritório, com vista para o mar, estava ligada. O que estaria acontecendo em minha casa? Naquele momento senti um nó na garganta porque estava deixando Alexandra. A saudade me doeu. Ah! Se eu pudesse estar deitado ao seu lado como no dia em que fomos pescar de barco! O nó se tornou mais apertado, e quase me sufucou.

Para onde estou indo? Quem é esta gente? Jill se deitou do meu lado. Foi sorte ela ter vindo, isso fez meus olhos e minha mente abandonarem a sacada iluminada de minha casa.

Inconscientemente virei minha cabeça para trás. A casa tinha desaparecido. A rocha cinza-escura do cabo e a ilha de Bao já escondiam o porto. Só o clarão das luzes, atrás dele, sobressaia, desenhando seu perfil dentro da escuridão.

O ar fresco do mar passou a desanuviar minha mente. Mil pensamentos racionais me tomaram de assalto e tive algum receio de enfrentá-los. A expressão do meu rosto, sem dúvida, me traiu. Na meia luz, brilhou uma caneca de marinheiro cheia de vinho, trazida pelas mãos de Jill e a bebida me reconduziu ao mundo dos sonhos futéis.

Jill não estava mais do meu lado. Acabamos mudando de posição e agora eu apoiava minha cabeça em seu colo. O céu estava coberto de estrelas brilhantes. Quando isso acontece, parece que o céu se aproxima desta ilha tão linda e estranha.

- Para onde viaja novamente o Don Quixote?

Fiquei extremamente surpreso porque não esperava ouvir aquela frase da boca de Jill. Essa pergunta sempre era feita por Marilena quando me via distraído. Estranhas criaturas essas mulheres! Como é possível que suas mentes funcionem na mesma frequência e com reações idênticas? Jill e Marilena eram duas pessoas completamente diferentes. Diferentes em tudo. Como explicar, então, o emprego de palavras iguais para definirem a mesma situação, porém, em circunstâncias diversas?

Fiquei confuso e assombrado. Jill, entretanto, tinha um jeito muito próprio de me acalmar acariciando meus cabelos, enquanto me prendia em seus braços.

CAPÍTULO 13

Até mesmo os homens mais valentes, e violentos, passam por momentos em que se tornam mansos como um cordeiros. Dependendo das circunstâncias, logo depois eles voltam ao seus estados de ferocidade. É preciso saber lidar com gente assim.

Jill sabia me amansar. Ela conhecia meu problema e soube abordá-lo de forma correta. Lentamente Alexandra passou a existir apenas em meu subconsciente e só ali eu continuava apaixonado por ela.

Naquela primeira noite Jill cuidou de mim como se fosse seu filho. Aliás, meu estado era realmente lamentável. As americanas, geralmente, tem espírito maternal.

Acordei muito tarde, na manhã seguinte, estávamos navegando com todas as velas abertas no largo de Monemyassia. Mas apenas me dei conta disto enquanto tomava café. Espiando pela escotilha, o mar me pareceu exageradamente alto e familiar. Não era, contudo, o trecho Míconos-Pireus. Esse eu conhecia bem, mesmo no escuro.

- Pacífico?

- Não! Sul de Peloponeso, esclareceu Jill olhando indiferente para outra direcção.

Percebi que estávamos deixando a Grécia e qualquer tentativa de minha parte para desembarcar seria ridícula.

- Por que não passamos pelo istmo? Ficou com receio de eu pular no mar e fugir?

- Nunca pensei que você fosse o "menino golfinho", respondeu aborrecida.

- Mais pareço o "velho e o mar" de Hemingway, retruquei.

Ela prosseguiu em tom normal:

- O comandante nunca passou pelo canal de Corinto e não quis arriscar durante a noite. Além disso, segundo ele, a espera no istmo é tão grande que no fim a diferença se torna pequena.

Após aquela aula de navegação perguntei:

- Posso saber para onde vocês estão me levando só com as roupas do corpo e alguns trocados no bolso?

- Vamos lhe emprestar roupa e dinheiro, me assegurou com ar de ironia.

- Agradeço, mas continuo sem saber para onde estamos indo.

- Uai! Para Saint Tropez, falou nervosa. Não foi isso que combinamos?

Agradeci mais uma vez e terminei meu café. "Até parece que combinamos"... pensei.

Fui sozinho para o convés. Um vento bastante agradável e a favor, enchia as velas: duas grandes e uma pequena.

O barco, inteiramente inclinado, rangia de vez em quando, ao receber o impacto de uma onda maior, vinda da terra para o mar, que lhe dava um empurrão mais forte. A terra estava bem próxima e o rochedo de Monemyassia se destacava nitidamente no horizonte.

Eu estava feliz por fora. Isso era consequência do vento, da salina do mar e do belo navio, onde me encontrava. Minha felicidade jamais foi completa longe do mar. Aliás, sempre me perguntei como podem existir alpinistas no mundo.

No meio de tudo aquilo que eu gostava acabei sentindo falta de alguma coisa. Pensei em Alexandra preparando o café da manhã, junto com Marilena. Estariam falando ao meu respeito? Preocupadas com minha ausência? Tive certeza de que iriam me procurar.

Lá no fundo eu queria estar voltando a Míconos. Ou melhor, nem ter saído. Contudo, cheguei na conclusão de que a fuga, do jeito que aconteceu, se transformou em um excelente trunfo para me ajudar a vencer a jogada. Ainda que meio inconsciente, eu tinha deixado Alexandra preocupada e com complexo de culpa.

Sorri satisfeito, mas meus pensamentos continuaram em ebulição. Porque não conseguia esquecer aquela moça? Jamais alguém ocupou tanto espaço dentro de mim. Eu não podia possuí-la inteiramente e isso, talvez, me abalasse. Para ressaltar meu orgulho, eu arrumava montes de justificativas desta espécie.. Porém, eu me esforçava em vão. Alexandra não se afastava de mim. Fiquei puto comigo mesmo, e fiz uma expressão de indignação.

- O que há de novo? Quis saber Jill que estava do meu lado.

- Myself, respondi. Isso quer dizer, mais ou menos, "eu mesmo".

Ela me ofereceu um gole de suco de tomate, de seu copo. Ao engolir percebi que não era tão puro nem tão saudável quanto parecia. De tomate mesmo, só a cor. O resto era vodka.

- Aqui a gente entra em serviço logo cedo, brinquei.

Cinco minutos depois eu recebi um copo igual ao de Jill.

Enquanto bebia fiquei pensando. "Eu não sei nada sobre Jill, preciso investigar. Preciso saber como ela mantém esta vida de luxo". Afinal, dentro do barco, minha vida estava em suas mãos. Tenho assistido a inúmeros filmes – alguns do meu amigo Klearchos – e em muitos deles ocorrem assassinatos em iates. Segundo o próprio Klearchos, "o iate é o local ideal para um assassinato chique".

Vendo a bebida vermelha, cor de sangue, fui ficando cada vez mais assustado. Ainda mais que, em inglês, era chamada de "Bloody Mary", ou seja, Maria Sanguinária. E quem poderia garantir que a bebida não tivesse sido preparada para o meu trucidamento.

Tinha, portanto, chegado o momento de descobrir onde eu estava e com quem. Naturalmente, nada do que passou pela minha cabeça, estava acontecendo, nem mesmo de brincadeira.

Depois de conversar uma hora com Jill, eu soube superficialmente dos fatos mais importantes de sua vida. Acabei deduzindo que ela não passava de uma americana rica e mimada, e que seu pai, era "honesto" negociante, que ganhou muito dinheiro durante a lei seca. Ou seja, ela nasceu rodeada de dinheiro e luxo. Essa casta de americanos é chamada de "high society", ou seja, alta sociedade...

O iate estava voltando para Saint Tropez porque era ali que permanecia durante todo o inverno. Tinha outro igual em Miami, na Flórida, para os passeios invernais da senhorita Jill, pelas ilhas do Caribe.

Com tantos recursos, Jill acabou sem par, em Míconos. Só Deus e o mar podem saber como sua rede jogada à noite, na ilha, me apanhou! Logo eu! E agora, ali estava eu, de manhãzinha, preso em suas malhas.

Isso tudo, deve ter sido, sem dúvida, obra de Deus que mandou um para o outro. A aventura que eu vivia se transformava em uma tábua de salvação. Era um bálsamo para minhas dores e sofrimentos.

Quanto a ela, com certeza, não teria iniciado a viagem sozinha. Algum mal entendido entre os dois deve ter provocado o desembarque do companheiro em qualquer porto. Aliás, eu tinha ouvido coisas sobre um certo senhor Bob que estaria ou não esperando o iate em Saint Tropez. Se ele esperava apenas Jill ou todos nós, o problema era dele.

Esse primeiro dia de mar passou de forma agradável. O tempo se manteve inalterado até a noite e no por do sol o vento cessou. Já navegávamos com os motores ligados, tendo quase completado a volta do Peloponeso. Dentro de poucas horas estaríamos seguindo em direção a Sicília.

A noite estava muito bonita e aquela mesma lua que ontem iluminava minha janela em Venetia, surgiu de novo na minha frente.

Apesar da luta para esquecê-la, Alexandra apareceu como uma astronauta diante de meus olhos. Fiquei vendo a lua e a saudade novamente me causou um nó na garganta. Tinha a impressão de que Alexandra morava naquela superfície prateada e luminosa. Se Alexandra continuava a existir, pelo menos, no mundo e nos espaços que eu criava, não pairava dúvida de que tudo o que eu sentia por ela, era algo que realmente me tocava.

Dentro desse emaranhado, aflorava a intuição de Jill, sempre presente em todas as vezes que meus pensamentos tomavam rumos incertos.

- Será o mar que o deixa tão romântico?

Que resposta eu poderia dar?

Numa noite como aquela e dentro de um barco tão maravilhoso, até o ogre de Cheikh-Sou ficaria romântico! E Jill que conhecia meus anseios e problemas fazia esta pergunta! Chegou a me surpreender.

Eu não podia ser injusto. Afinal não tinha entrado em seu iate para que ela se tornasse minha enfermeira. Tampouco poderia pretender que ela pudesse me curar dos males da mente.

Era de minha responsabilidade, também, oferecer alguma

coisa. Na pior das hipóteses, uma companhia agradável e humana. Reconsiderei minhas atitudes e deixei de lado aqueles pensamentos sobre Alexandra. Agindo com civilidade e com um pouco de remorso, tomei as mãos de Jill, me aproximando dela, e a beijei.

- Não é o mar que me deixa romântico. Infelizmente eu já o sou por natureza.

- Não acho isso infelicidade, mas sim uma dádiva de Deus destinada apenas para os privilegiados. Quantos gostariam de ser românticos e não conseguem. Para que serve a vida, mesmo sendo linda, se passa por você sem tocá-lo? Nada nos aconteceria se fossemos insensíveis.

Pensou um pouco e continuou filosofando:

- Quando digo nada, quero dizer nada mesmo. Nada de bonito, de notável, de diferente do cotidiano. O seu caso, por exemplo. Neste momento você não estaria viajando para Saint Tropez, mas sim fazendo uma volta boba pela ilha. Infelizes são aqueles que tem os pés na terra...

Pela primeira vez eu ouvia de Jill uma conversa muito simpática, embora suas palavras não pudessem resolver os problemas da humanidade.

Nosso papo durou bastante tempo e muitas coisas novas surgiram a respeito daquela americana. Tudo que eu descobri foi tão agradável que gradativamente ela começou a me conquistar.

O camareiro passava com certa frequência e enchia nossos copos de champanhe. Logo voltei a achar tudo mais bonito e mais romântico. Jill estava me conquistando. Coisa estranha! Eu tinha entrado naquele iate num momento de desespero, de desilusão e agora sentia de novo a felicidade. Felicidade marinha, do tipo americano!

Chegou a hora do jantar e os outros também subiram. Até então não tinha me ocupado deles e acabei descobrindo que eram pessoas agradáveis. Agradavelmente tranquilas. Agra-

davelmente embriagadas. Agradavelmente bem intenciona-
das. Em nada se destacavam da grande massa cosmopolita
de americanos ricos.

Discretíssimos, logo nos deixaram sozinhos e foram para
suas cabines. Não acredito que tenham conseguido dormir
muito.

Já devíamos estar navegando bem ao largo do Adriático.
As últimas luzes de Pylos, no fim de Peloponeso tinham desaparecido há algum tempo. Seria pouco mais de meia noite
e a lua, se escondendo à nossa esquerda, mergulhava no mar
escuro.

Observando as ondas leves começando a engrossar,
não tive dúvida de que estávamos em alto mar. As valas por
onde passávamos eram grandes e as cristas das ondas se
distanciavam umas das outras. O vento, até então, brando
se tornou mais forte. A lua tombada ainda iluminava algumas
nuvens brancas acumuladas ao seu redor.

- Mais adiante vamos ter um pouco de mar, disse a Jill.

Queria ver sua reação, uma vez que estava prevendo
temporal.

- Eu não passo mal, porém tenho medo.

Ela se aproximou-se e me abraçou bem forte. De mãos
dadas fomos para a ponte de comando. Tinha esfriado bastante, e o ar ficou até desagradável ali fora. Além disso, os
marinheiros já recolhiam a louça e as poltronas. Certamente o
comandante previa o mesmo que eu.

Na ponte, abrigados do frio, nos sentamos no sofá do comandante, atrás do timão. Uma sútil claridade emanava do
painel de controle e da bússola.

O comandante, ao lado do timoneiro, verificava a bússola,
e examinava o radar.

- Acusa tempestade em algum ponto? Questionei.

Me fixou com estranheza, tentou perceber como eu adivinhei.

- Não no nosso curso, me respondeu em voz baixa. Bem mais a Oeste, continuou no mesmo tom. Deve estar perto de Malta.

Me calei, mas percebi que estando o epicentro da tempestade em Malta, nós também estávamos lascados. Pelo menos até alcançarmos o cabo da Sicília e entrarmos no estreito de Messina.

Passei meus braços em torno dos ombros de Jill que se mostrava assustada com a informação. Pela porta aberta, do lado direito da cabine de comando, eu podia enxergar o mar se tornando cada vez mais escuro e agitado. Por sua vez, o comandante imprimiu mais força nas máquinas, para ganhar tempo. Enquanto as condições lhe permitiram navegar com velocidade, ele tentou se aproximar o máximo possível do Norte.

Não conseguiu, entretanto, manter por muito tempo aquela marcha porque o mar ia ficando cada vez mais bravo. O barco começou a bater nas grossas ondas que chegavam. Quinze minutos depois voltaram a diminuir as rotações das máquinas para não cansar as pessoas nem forçar em demasia a embarcação.

Acabamos entrando no mar tempestuoso. O vento bem mais forte fazia as águas chocarem com violência nos vidros da ponte de comando, toda vez que nossa proa colidia com uma onda.

O comandante fechou a porta lateral porque a água começou a invadindo a cabine. Falou qualquer coisa para o marinheiro e tomou dele o timão. Parecia conhecer bem seu trabalho. Tinha uns cinquenta anos. Dava pra ver o cabelo grisalho dele escapando de seu chapéu azul. Era baixo, troncudo e seu olhar penetrava a escuridão da noite.

A cada minuto as ondas batiam com mais força na proa do iate. O espetáculo se tornava assustador, porém não oferecia perigo a um barco como aquele. As estrelas tinham desaparecido. O céu, carregado de nuvens, estava negro.

Não sei, do ponto em que estávamos, a que distância Oeste o comandante tinha visto a tempestade, mas não parecia tão longe.

Me levantei com cuidado e segurando o puxador da porta procurei ver as condições do mar naquele instante. O tempo não estava para brincadeiras.

Massas negras e ameaçadoras se elevavam bem acima da proa, prontas para nos engolir. Os vidros da ponte de comando ficavam embaçados e durante uns vinte segundos ficávamos sem nenhuma visibilidade. Até subirmos com a onda seguinte parecia demorar um século.

Quando os limpadores conseguiam nos dar alguma visão, conseguíamos observar o convés emergindo e as águas rolando para a esquerda, e para a direita. Tudo isso nos dava a impressão de que nosso iate era mergulhado no mar e trazido à tona por uma mão gigantesca. O vento soprava violentamente e os mastros da embarcação se mantinham presos com grande dificuldade.

Era evidente que estávamos bem perto do furacão. O comandante vinha merecendo minha admiração, que seria redobrada mais tarde. Naquele momento, contudo, cheguei a pensar que ele poderia ter evitado os problemas, tendo em vista que o barco era tinha um radar e uma excelente aparelhagem metereológica.

Olhando o mostrador da intensidade do vento, constatei que a agulha marcava seis. Como diria Fouskis: "seis bofors". Esse fato era inadmissível para um navegador experiente. Sem dúvida, todas as guardas costeiras da região tinham divulgado, desde cedo, os boletins sobre a situação dos ventos. Ele deveria ter escutado e não podia ter saído de Pylos nesta noite.

Agora, porém, só nos restava dançar ao som da música. E que música! Eu só queria saber como iríamos nos livrar desta. O tempo, invés de melhorar, piorava cada vez mais. A pancada de uma onda mais forte me deu a certeza de que o barco se abriria no meio. O comandante me olhou. Não entendi se ele queria saber se eu tinha me machucado ou se me olhava com desespero. Ele segurava a alavanca que regulava as rotações do motor. Quando alcançávamos uma onda grossa a rotação era diminuída para entrarmos com mais suavidade na seguinte vaga gigante.

Me virei para observar Jill. Ela estava agarrada no braço do sofá, branca, transparente, trêmula.

- Isto não é nada, falei para encorajá-la. Este navio aguenta um mar duas vezes mais bravo que este.

Na realidade o barco já estava no limite de sua resistência. Mas, e ia falar o que?

De repente ficamos numa situação que jamais tinha experimentado. Enormes ondas literalmente encarrilhadas nos submergiram. Até aquele momento a água chegava pela face esquerda. Agora, as vagas vinham pela direita, também, nos socando com violência e nos deixando presos numa montanha de água que avançava pela frente, sobre a nossa popa.

A coisa era bem desagradável! A embarcação se inclinava perigosamente e rangia de forma assutadora. Ela se ressentia de forma trágica. Seus mastros chegavam a ficar paralelos ao mar e depois voltavam à perpendicular, emitindo verdadeiros gemidos. Até quando aguentaria ninguém poderia saber. Eu esperava agoniado o momento em que se quebraria em dois.

Estávamos no epicentro da tempestade. Sobre isso não pairavam dúvidas. A história de Malta não passava de erro de cálculo. Naturalmente teria visto, no radar, o furacão em Malta. Posteriormente deixou de calcular que estando na rota Norte e se deslocando a uma velocidade de quarenta ou cinquenta milhas, nada mais certo que nos pegasse agora.

Nossa única esperança se alicerçava no barco. Só ele poderia suportar os embates até o furacão cessar. Quando digo cessar, significa passar por cima de nossas cabeças e cinco minutos depois ficar tudo na santa paz. A tempestade deixa as águas revoltas durante muitas horas. O que estávamos passando não era uma borrasca, mas, sim a maldição dos deuses. Deve ter varrido tudo que encontrou pela frente: barcos, pequenos iates, grades,etc.

Seriam duas horas da manhã. O coração da noite. Não se enxergava uma luz em qualquer ponto. Normalmente quando você pode enxergar, tem condições de se proteger dos elementos enfurecidos. Alguma onda você consegue pegar de lado. Porém, nesse inferno se tornava impossível qualquer tentativa de proteção.

E o inferno continuava! Cada pancada recebida era uma agonia sem fim. Não sabíamos qual delas seria a última.

A certa altura Jill teve - com muita razão – uma pequena crise de histeria. Gritou para mim, com todas as forças do seu pulmão:

- Os salva-vidas! Estão onde?

Me voltei para ela e sorri para tentar tranquilizá-la.

- Vai fazer o que com eles? Tá de brincadeira.

Mal terminei a frase, o iate sofreu uma sacudida bem forte. A mais forte recebida até então. Ele se inclinou de forma terrível para a direita, me jogando no chão antes mesmo de eu me agarrar em algo. No mesmo instante, escutamos um barulho pavoroso vindo de baixo. Toda a louça e o material de cozinha caíram dos armários e das gavetas, se despedaçando no chão.

Em situações como aquelas, tais incidentes provocam o pânico em toda sua extensão. Jill começou a gritar e a soluçar histericamente. Com enorme esforço consegui me arrastar e me agarrar no sofá. Tomei ela em meus braços, e tentei acalmá-la. Seu estado era lastimável. Tremia e sussurrava palavras incompreensíveis.

Não sei quanto tempo ficamos assim. Me pareceram milênios. Notei, porém, com alívio, que apesar da tempestade não terminar ela não piorava. Se mantinha estável.

O navio vinha aguentando firme, mas havia um perigo real. Se o barco estiver na sua maior inclinação lateral e for apanhado por outra grande onda pelo mesmo lado, não haverá salvação. É um adeus mesmo! Você tomba antes mesmo de pensar em qualquer meio de socorrê-lo. Isso, felizmente, acontece raríssimas vezes porque o mar, também, obedece a uma determinada cadência. Habitualmente, a cada três ondas médias vem uma das grandes. Nesse caso, o navio tem tempo suficiente para voltar para a sua posição normal.

Jill continuava tremendo em meus braços, mas parou de sussurrar. Isso pode parecer engraçado ou absurdo, mas quando a tragédia se torna permanente acabamos nos acostumando a ela. Era exatamente isso que ocorria com a americana. Estava se acostumando com o inferno.

Lentamente meus olhos começaram a distinguir uma suave – porém bem clara – linha no horizonte. Estava amanhecendo. Acomodei Jill no sofá, a cobrindo com um edredon e me levantei.

As ondas vinham agora, regularmente, pela esquerda da proa. Com aquela pequena claridade o comandante conseguia, até com facilidade, proteger o navio dos grandes embates. Eu estava do lado dele. Seus olhos, injetados de sangue, revelavam sono e, sobretudo, a agonia passada.

- É isso aí, falou aliviado como se uma faca tivesse sido removida de seu coração.

A visibilidade melhorava a cada instante. É impressionante como amanhece rápido no mar! Depois da tempestade, acabamos avistando no horizonte uma linha de alguma terra longínqua. Era, provavelmente o Sul da Sicília.

- Já passou, falei pra mim mesmo.

Agora estavamos avançando e deixando a tempestade para trás. Era possível sentir o aconchego da terra. O mar se tornava cada vez mais manso. Jill estava dormindo. O cansaço tinha vencido seu medo. O marinheiro assumiu novamente o timão, recebendo a rota a seguir.

Era, praticamente, dia. Desci com o comandante até o salão para tomar café. Tomamos um susto. Parecia que havíamos sido bombardeados. Nada estava no lugar. Lâmpadas, vasos, poltronas, e cadeiras formavam um monte. Até um quadro saiu da parede e caiu no chão, com a moldura toda quebrada.

O cozinheiro preparou dois cafés de qualquer jeito. O capitão pegou o seu e voltou para a ponte de comando. Eu me deitei numa poltrona, exausto e sonolento, fiquei tomando o café quente. Em poucos minutos o comandante retornou assustado.

- Falei com a guarda costeira de Siracusa, me informou. Às duas da madrugada, exatamente, passamos no epicentro da tempestade com nove bofors.

Fiquei parado olhando para ele.

- Não é possível, sussurrei, deixando escapar um "Minha Nossa Senhora".

Que mais poderia dizer? Que ele quase nos afogou, assim sem mais nem menos? Que poderia muito bem ter escutado o boletim metereológico, antes de partirmos de Peleponeso?

Terminei o café e retornei à ponte. Jill dormia profundamente. Não a acordei. Apenas a cobri melhor. Depois entrei na minha cabine e me joguei na cama, com roupa e tudo. Antes de pegar no sono, Alexandra veio na minha mente. Com certeza foi sua maldição que nos impôs tamanha tortura.

E o velho ditado se confirmou: "depois da tempestade vem a bonança."

No dia seguinte levantei duas da tarde, descansado e faminto. Vesti apressadamente minha calça de brim – a única que eu tinha – e subi no convés. Lá atrás, na popa, todos já estavam na mesa, alegres e risonhos. Comendo e bebendo. Era uma mistura de café da manhã, aperitivo e almoço. Procuravam recompor seus organismos. O tempo estava calmo como um lago. O imenso mar parecia um cristal transparente e imóvel. Um maravilhoso sol iluminava e esquentava lá longe as montanhas da costa ocidental da Itália.

Atravessamos o estreito de Messina e agora observávamos a linda costa. Ainda assustado, o comandante evitava se afastar muito. Assim, conseguíamos ver claramente as casas. Provavelmente estávamos no largo de Salerno e logo passaríamos pelo estreito, entre Capri e Amalfi.

Fui recebido com alegria e brincadeira. Como o medo pode ser superado facilmente e quão superficiais são pessoas, por vezes! Ninguém demonstrava o estado de espírito de ontem, quando estiveram bem perto do fim. Tudo tinha sido esquecido. Venceram perigo, a vida lhes pertencia novamente.

Os elementos da natureza, muitas vezes, lhes pregavam partidas, mas eles acabavam levando a melhor. Assim como ontem. O barco, sólido e grande, resistiu. Saiu vencedor. Por isso que foi tão caro. Para vencer. Para protegê-los.

Fizemos as brincadeiras comuns de sempre, e falamos dos mesmos problemas imaginários, de cada um. Eu me sentia um lanterninha de cinema, que é obrigado a assistir o mesmo filme cinquenta vezes.

De vez em quando eu me afastava um pouco. Saia da sala, como fazem os lanterninhas, para quebrar a monotonia. A fita, entretanto, continuava sendo projetada. Sentia vontade de gritar, de protestar. Queria gritar, alertar todos de forma a abrirem seus olhos para outros filmes, outras histórias, outros problemas.

No entanto eu comia e bebia com eles para mudar de humor. Nessas circunstâncias, ou você se concilia ou se suicida.

Passamos entre Capri e Amalfi. Nenhum deles disse uma palavra sobre toda aquela beleza. O assunto girava em torno da vida noturna. Onde seria melhor? Capri? Amalfi? Ischia? Civitavecchia? Santa Margherita? Ou Rapallo? Em matéria de geografia e navegação eram crânios. Chamei eles de "navegadores das cidades balneárias em voga" e isso foi motivo para mais zoação.

Estava anoitecendo, e por insistência minha, acabamos parando num pequeno porto desconhecido, entranhado no meio desses grandes nomes da moda. Ancoramos para pernoitar porque a tripulação também precisava dormir após quarenta e oito horas de vigília.

O lugar apresentava uma ligeira semelhança com Galaxidi, porém, era um pouco mais europeu. Tinha uma taverna de pescadores que era um sonho. Além de nós, jantaram, também, dois ou três grupos de homens do mar, da região.

Convidei o comandante e o primeiro engenheiro do iate para~se sentarem conosco. Suponho que isso nunca aconteceu antes. Jill gostou da ideia porque no fundo era bacana. Talvez herança do pai, na época que contrabandeava bebida. Contudo, o outro casal não ficou muito satisfeito. Nem liguei.

Eu me sentia feliz por estar naquele pequenino porto. Era bem melhor do que estar no meio da ralé cosmopolita de outros portos situados mais acima ou mais abaixo deste. É possível que no meu inconsciente tenha me lembrado de Míconos e quem sabe, talvez, de Alexandra, agora tão distante...

Engolimos, no mínimo, a metade de uma pescaria e um barril de vinho. Os pescadores do lado vieram na nossa mesa, e nos ofereceram seu vinho. No meio da conversa, falamos da noite anterior. Depois de escutarem nos história, ficaram arrepiados. A tempestade tinha abrangido uma região muito extensa. Ali, também, teve muito estrago, principalmente, nos barcos ancorados. Particularmente, gostei muito da companhia daqueles pescadores. Não achei eles muito diferentes dos nossos. Gente do mar parece filho da mesma mãe.

Acho que passava da meia noite quando voltamos pro iate. Sem rodeios, fui direto para a cabine de Jill. Já era hora de pagar minha passagem e saldar as dívidas, sem que isso tomasse o aspecto de uma coação.

Jill era graciosa e bonita mesmo. Contudo, a tempestade, as pessoas que nos rodeavam, nosso relacionamento ainda recente e a própria Alexandra, estabeleciam, até aquele momento, uma certa distância entre nós.

Nessa noite tudo ficou mais fácil. Quase romântico. Mais uma vez o adágio se confirmou: "depois da tempestade vem a bonança".

Durante todo o tempo na taverna, ela permaneceu encostada em mim de forma gostosa, ouvindo com interesse a conversa com os pescadores. Provavelmente, me queria como comandante do seu iate. Um comandante que, na imaginação destas mulheres, é uma espécie de príncipe montado num cavalo branco. Depois de tudo isto, quando voltamos para o barco não esperei nenhuma iniciativa da parte dela. Simplesmente, de mãos dadas, nos encaminhamos para sua cabine.

Seus aposentos eram bem diferentes dos meus. Me lembravam, uma luxuosa suíte de hotel renomado. Não posso saber com precisão se ela me via como um príncipe. Eu, entretanto, me sentia como tal. Me deitei ainda vestido: camiseta e calça "jeans" suja e desbotada pela maresia, sobre a colcha branca de seda que cobria a cama.

Naturalmente eu não estava calçado. Porém, meus pés, sempre descalços nestes últimos três meses em Míconos, tinham plantas mais duras que solado de sapatos.

Jill, como toda americana, era meio "hippy", e não se importou com estes detalhes. Olhava para mim, meio embriagada, e morria de rir. Gostei dela porque não tinha o ar de erotismo assumido das europeias, quando vão para a cama com alguém.

Tirou a camisa, tomou impulso, e se jogou na cama, nua da cintura para cima. Felizmente, não se jogou em cima de mim, uma vez que aquele impulso teria me estropiado todo.

Acabei concluindo que Jill era uma moça muito meiga. Não tinha nada de semelhante com a angústia que Alexandra me causava. Era cheia de risos e de alegria. A imagem da felicidade efêmera. Sabia desfrutar de tudo que a vida generosamente lhe oferecia. Não pedia mais. Não se aborrecia com o que tinha. Não revelava complexos, nem de superioridade e tampouco de inferioridade. Também, não parecia achar que os homens queriam ela apenas, por sua riqueza e seu luxo.

Somente eu, o último desta geração cansada de europeus pseudossensíveis, via todo mundo monótono, melancólico, complexado.

Ficamos na cama brincando como eu costumava brincar com minha filha, de cinco anos. A certa altura Jill cresceu de repente e se tornou mulher... e que mulher. De forma ardente, ela provocava furacões em sua passagem.

Claramente, Jill tinha aproveitado bem sua vida e sabia o que queria de cada homem. Ela, sabia, também, ser amiga carinhosa e sensível. Conhecia profundamente aquela espécie de homem à qual eu pertencia. Homens, que aparentemente são amantes fortes e irresistíveis, mas que na realidade sofrem, em geral, de complexo materno ou são carentes de afeto.

É fácil perceber. Estes homens se escondem. Não se abrem. Têm receio de mostrar simpatia e carinho para não serem considerados fracos e submissos. Eles reprimem qualquer espontaneidade dentro de si, temem perder a virilidade à qual atribuem todos seus sucessos. Muitas vezes percebem o engano, mas a força do hábito é tão grande que é impossível reagirem de outra forma.

Naquela noite Jill me revelou toda a sua capacidade de amar. Muitas vezes, no escuro, reluziam os reflexos do seu carinho e isso me proporcionava uma sensação gostosa de aconchego. Representava, também, um oásis para amenizar a angústia e o desespero que que Alexandra me fez passar. Obviamente, meus sentimentos por essas duas mulheres eram diferentes, diversos, e quase antagônicos. Alexandra, me corroia por dentro, me fazendo sentir uma enorme agonia e angústia. Enquanto que, Jill me trazia serenidade. Era na verdade "O Repouso do Guerrilheiro", me lembrando do filme de Bardot.

No dia seguinte acordei num mar de serenidade mental e ecológica. Tomando café, sentado na minha cama, eu obeservava, da escotilha, um mar azul e calmo. Se a serenidade significa felicidade eu podia me considerar um homem feliz.

O iate deslizava entre a Córsega e o fim da costa italiana que foi ficando para trás.

Mais um dia de viagem e estaríamos em Saint Tropez. Não que eu estivesse cansado ou entediado. O mar sempre foi a principal alegria da minha vida. Neste barco, porém, eu não tinha a vida que estava acostumado. Que conhecia. Aquilo era um palácio luxuoso com mastros e velas.

Onze horas da manhã, em ponto – nem um minuto a mais nem um minuto a menos – o garçom, vestido com uniforme branco, me serviu o primeiro champanhe do dia.

- Don Perignon 1962, dizia sempre em voz baixa, como se eu me importasse com a data.

Mal sabia aquele John vestido de branco e engomado que eu, a quem ele sussurrava a data do champanhe, era semisselvagem. Gostaria de ver sua reação ao me ver devorando meio polvo quase cru, mal passado na brasa, engolindo em cima meio litro de ouzo, logo de manhã, na companhia de Tassos, em seu barquinho.

Naturalmente tudo tem graça. Um homem maduro e experiente como eu tem a obrigação de se adaptar aos prazeres altamente sofisticados, e também, à alegria genuína e muito própria da simplicidade.

Eu usufruía de tudo que me ofereciam em qualquer circunstância. Sabia usar tanto a cartola quanto o boné do operário. Provavelmente eu demonstrava isso porque Jill, com ar completamente diferente daquele dos primeiros dias, me rodeava de atenções, sempre brincando. Ela me tratava como o seu mais recente brinquedo favorito.

Jill era bonita. Extraordinariamente bonita. Isso me atraia. Me prendia. Jamais resisti aos encantos de uma mulher. Com mulheres feias, entretanto, sempre evitei até uma simples amizade.

Subimos no convés onze horas. O horário estava certo porque o primeiro Don Perignon 1962 tinha chegado no bar. O garçom o conduzia em uma enorme bandeja. Sobre ela, ainda, umas trinta ostras apetitosas se debatiam em cima de uma camada de gelo. Em outra bandejinha havia limões, tabasco e outros ingredientes para tornar mais dolorosa a morte dos pobres moluscos.

Devoramos tudo com aquela voracidade matinal que o vinho da véspera provoca. Acabamos, também, com duas garrafas de champanhe da mesma idade. Seria impossível que um dia iniciado assim não fosse lindo.

As costas da Córsega traziam um vento quente, e com os binóculos, era possível observar a cidade que Aga Khan fundou para a sua gente. Jill não quis ir até lá. Segundo ela, se encontrasse seus amigos nunca mais chegaríamos a Saint Tropez. Paramos, contudo, no meio do mar e lançamos uma lancha. Fomos os dois nadar um pouco mais distante. O calor era intenso!

Fomos tão longe que quase chegamos na praia da Córsega. O pessoal do navio ficou preocupado e veio procurar a gente. Jill, muito mimada, acelerou muito a lancha, deixando o comandante aflito. Quando a gasolina acabou, sossegamos. Por sorte, os três tripulantes vieram nos pegar. Mas, o oficial ficou puto, e fechou a cara.

Recomeçamos a viagem novamente, e logo içamos as velas porque o vento começou a soprar, nos ajudando bastante.

Após um cochilo ficamos sentados no convés, conversando despreocupadamente. A noite já estava próxima, e começamos a enxergar, lá longe, as luzes da Côte d'Azur.

- Quando chegamos? Perguntou Jill para o comandante.

Ele estava sorridente e feliz porque o cruzeiro estava chegando no fim. Segundo seus cálculos, faltavam trinta e cinco milhas para alcançar Saint Tropez. Mais ou menos três horas de viagem. Por volta de meia noite estaríamos chegando.

CAPÍTULO 14

A entrada do porto daquela vila do Sul de França, desconhecida até alguns anos atrás, nos oferece um dos maiores espetáculos alguma vez noticiados. É simplesmente deslumbrante.

A vila foi construída num formato que se assemelha a um anfiteatro. Todas as lojas, estabelecimentos de diversão e restaurantes estão situados lá embaixo, na beira do porto. O porto apresenta o aspecto de uma imensa meia lua e toda ela forma o cais. Ali mesmo, diante do grande movimento, atracam os iates de proa, um do lado do outro.

Ele tem capacidade para receber cerca de cento e cinquenta barcos. O espetáculo, tanto para quem chega, quanto para quem está sentado nos cafés da praia, é único. Admirável.

De repente, você encontra um cenário inteiramente diverso. Lindas "boutiques", luzes fantasmagóricas – enfileiradas, fazendo concorrência umas com as outras – entre confeitarias, bares e restaurantes, indicando que finalmente você chegou num mundo civilizado.

Há anos que venho batalhando para que Míconos tenha tudo isto também. Em Míconos, infelizmente, o turista tem a impressão que chegou a lugar nenhum. Um cais deserto, inacabado, num lugar onde Judas perdeu as botas, afastado, assim, da região vital do porto. Além disso, é escuro de noite e empoeirado durante o dia, devido ao vento que levanta verdadeiras nuvens de pó. De terra mesmo. Quer dizer, de areia.

Acredito que o visitante, vendo o cais de Míconos, pensa em ir embora antes mesmo de chegar. Se ele fôr teimoso e decidir ficar, precisa de caminhar ainda um quilômetro e meio para alcançar a cidade até encontrar alguém que lhe dê um "bom dia". Não temos taxis, nem telefone.

Não importa. Um dia, certamente, as pessoas vão entender que tudo na vida é um cenário, uma atmosfera. Uma atmosfera agradável e atraente que encanta ou uma atmosfera desanimada e sem graça que afugenta.

Nosso iate atracou e pulamos pra fora como loucos, sedentos de tudo, após tantos dias de mar. Entramos no primeiro bar que encontramos, que ficava localizado entre a "boutique" Mica Mac de Gunter Sachs e a Sauge. Começamos a beber feito piratas, que estiveram meses longe de terra.

Jill, do meu lado, extremamente alegre com minha presença, me devolvia em dobro aquela alegria, com seu riso e sua alma jovial. Sempre estava disposta a fazer qualquer coisa por nós dois.

- O que faremos? Falava várias vezes.

Em outras ocasiões, manifestando preocupação, perguntava:

- Para onde estamos indo? Como vamos ficar?

Permanecemos pouco tempo no bar. A tumulto era muito grande. Os franceses haviam terminado de jantar nos restaurantes e agora recomeçavam a beber novamente. Caminhamos pela praia, que agora estava mais calma. Entrelaçados pela cintura e meio tontos, respirávamos o ar marinho.

A noite, linda e estrelada e a lua, em seu último quarto, surgiam por trás daquela montanha altíssima – os Alpes marítimos. Lá no topo, dava pra enxergar as últimas casas da vila.

Mais uma vez a lua mexeu comigo, me influenciando negativamente. Me lembrei da minha casa. Da minha sacada. De Míconos... de Alexandra. Jill percebeu imediatamente e quando escutou a música do salão do "Papagallio", me levou até lá.

Eu necessitava, mais uma vez, de um anestésico para deletar Alexandra do meu subconsciente. Mas como eu ficaria? Em qual dos dois casos, realmente, eu me situava? Seriam casos paralelos? Se sim, como era possível eu continuar existindo para uma quando apenas a outra existia para mim: Era tudo estranho e confuso!

Por este motivo, Jill sempre procurava me manter num clima amoroso. Tentando me afastar daquela triste realidade interior. Por isso que sempre colocava um copo de bebida em minhas mãos.

Ela ficava feliz quando eu estava embriagado. Sabia que meu subconsciente estava entorpecido. Torpor que fedia a vinho e uísque.

O garçom do "Papagallio" com certeza a conhecia. Ele nos acomodou numa de suas melhores mesas, e trouxe uma garrafa de Don Perignon 1965. Bem diferente das que tínhamos no iate. Ehh. Fiz uma concessão e acabei aceitando. Aliás, fiz outra concessão e acabei dançando. Há muitos anos que não dançava. É claro que não pulei, mas posso afirmar que dancei.

Voltava a ficar sob o seu domínio. Minha mente entorpecida deixava de lado os maus pensamentos e se entregava à felicidade contagiante de Jill.

Nos divertimos e conversamos até bem tarde. Demos muita risada. Tudo ia bem naquela primeira noite em terra firme. Nenhuma lembrança me fazia aproximar do que eu tinha deixado na ilha, no distante Egeu.

Ela não queria voltar para o iate. Mesmo depois do "Papagallio" não queria dormir no barco. Era seu subconsciente embriagado que reagia. Olhava o navio como um instrumento de ligação entre Saint Tropez e Míconos. Aqui na França eu lhe pertencia e por isso ela procurava cortar qualquer ponto de ligação com minha terra, e com tudo que deixei lá..

- Vamos dormir no "Biblos", me falou repentinamente, como se tivesse sido inspirada por uma ideia luminosa.

Eu já conhecia o "Biblos". Fui seu hóspede, há alguns anos, na sua inauguração. É o único hotel bom daquela praia. Fora ele, só tem pensões. Mas, é um hotel estranho e sem graça. Não sei como pode existir um monstro tão grande num ambiente tão sofisticado e de tão alto nível como é Saint Tropez.

Me recordo que no livro de registro das figuras ilustres que compareceram na inauguração, Sagan escreveu: "Não encontro palavras para felicitá-lo".

Foi construído por empresários libaneses, novos-ricos, num estilo bíblico. Daí o nome. Os quartos, mais parecem uma cela, suas janelas são um pouco maiores que a escotilha de um navio e são protegidas por grades. O piso é coberto por uma cerâmica árabe horrorosa. Para completar o desastre, as paredes são decoradas com tapetes pendurados. Deviam ter pendurado o decorador. Assim a justiça triunfaria.

Exatamente naquele cenário fomos descansar ou melhor, cansar nossos corpos. Ocupamos uma suíte caríssima, cujo preço deixa a gente em claro a noite toda. Acabamos deitando sob um céu azul, de seda, espécie de teto do nosso leito.

Imagino que aquela cobertura tinha a finalidade de fazer com que o hóspede, pelo preço que pagava, visse um céu azul, ainda que lá fora estivesse nublado.

O hotel, entretanto, agradava Jill. Ela adorava aquele estilo pseudomedieval. Era até compreensível. As pessoas sempre admiram e querem aquilo que nunca tiveram e a América não teve Idade Média. Colombo dormiu no ponto e a descobriu muito tarde.

Senti que se iniciava uma nova vida para mim. Jill estava

vencendo! Não sei explicar como, mas a verdade é que ganhava o jogo.

É uma raça estranha. Ela me faz sentir um misto de ódio e de admiração. Normalmente, eu sou desorganizado, mas sempre respeitei as pessoas organizadas. Jill tinha realizado um rapto bem coordenado. Perfeitamente calculado. Me afastou de tudo que não lhe interessava. Fez uma lavagem cerebral em mim, me deixando à sua mercê.

Eu sou um "good loser", como dizem na terra dela. Reconheço a derrota. Aceito, mesmo tendo um sorriso amargo nos lábios. Não deixo de ter compaixão e desprezo por mim mesmo, mas admito a derrota. Ela acabou me vencendo e não me restava outra alternativa se não concordar, como bom jogador.

Talvez tenha me comprado. Foi fácil, tendo em conta que eu mais parecia uma"galinha morta". Tudo em mim estava à venda, excepto minha consciência. Essa eu herdei da graciosa e boa mãe que tive. Legado que nunca vendi. Nem encontraria comprador pra tal. É caríssima.

Por isso, usando minha consciência concordei, quando Jill propôs:

- Vamos para minha casa em Los Angeles?

Era meio dia e estávamos nadando na "Tahiti Plage". Tomei um gole de champanhe que minha amiga Lote, mulher de Castel, segurava. Ela sempre nadava, segurando uma garrafa na mão, como o cardíaco que não se separa de suas gotas.

Você leitor, provavelmente, entenderá melhor o que escrevo se numa das manhãs de sua vida, afirmar: "hoje vou oferecer um dia de minha vida a mim mesmo. Vou me libertar e imitar um pouco este escritor estranho. Quero sentir, também, as sensações que ele descreve".

O sol continuava quente. Os corpos dos apaixonados secam rapidamente! Ardem. Queimam por dentro e por fora. Existem dois tipos de sol para os amantes: o sol externo que

Deus criou e o sol interno, produto do capeta. Jill e eu tínhamos o sol do capeta dentro da gente. Éramos compatíveis. Nossas entranhas, se econtravam cheias de pecado, e serviam de moradia para o demônio que acendeu seu sol, esquentar nossos pecados.

CAPÍTULO 15

No dia seguinte fomos para a Califórnia. Los Angeles!

Eu estava com a mesma documentação que recebi dos franceses quando cheguei em Saint Tropez – naturalmente, eu estava sem passaporte -, entrei no avião, em Nice.

No aeroporto de Los Angeles fomos recebidos por dois advogados dela. Sem mais preâmbulos, Jill preencheu os requisitos de permanência, usando o prestígio de seu nome acompanhado de alguns milhares de dólares.

Os países ricos existem para pessoas ricas! Isso é inquestionável.

Entramos em um cadillac preto. O motorista, em seu assento a três metros de distância nosso, falava da saudade que sentiu da patroa. Falava, obviamente, com respeito quase servil e pelo telefone do carro. Não deixou, também, de informar que o clima na Califórnia esteve ótimo durante todo o tempo que ela esteve fora.

Jill agradeceu, porém, nada espontânea... Que estranho!

Em sua terra ela se tornava esnobe. Ali, a força da riqueza tinha uma peso. Sua transformação não me agradava, mas não falei nada.

Foi errado. Muito errado mesmo. Porque a situação acabou piorando. Estávamos indo para Beverly Hills, o bairro aristocrático de Hollywood, quando ela apanhou o fone e transmitiu um recado para o motorista. Por sua vez ele o retransmitiu pra uma terceira pessoa. Depois de alguns minutos apareceram na nossa frente dois policiais, montados em velozes motos e piscando suas luzes vermelhas, foram abrindo caminho. Dois batedores.

Não conseguia entender nem aceitar isto. Era algo totalmente contrário do meu modo de ser. Passei uma vida inteira sem pressa, porque teria agora? Para chegar onde? Encontrar com quem?

Não costumo deixar ninguém me esperando. Gosto de ser independente. As limitações de tempo encurtam minha vida. Nunca tive relógio. Sempre que ganho um, dou para a minha filha. E agora aquelas motos me causando a impressão de que eu estava com pressa. Essa não!

Fiquei em silêncio, mas não escondi minha irritação.

Jill, me olhava e sorri, se achando o máximo. Procurava descobrir que impressão tinha me causado aquela brincadeira. Logo percebeu meu desagrado. Não comentou nada, mas procurou se livrar dos batedores. Contudo, não sabia como.

Aquela ostentação durou mais uns dez minutos. Quando saímos da rodovia e entramos em Sunset Boulevard ela mandou parar o carro. As motos se aproximaram e com a maior naturalidade, Jill entregou aos dois homens cinquenta dólares. Isso, acredito, que seja praxe. Ali tudo se compra.

Prosseguimos a viagem, em direção a Beverly Hills, onde ficava a casa dela, felizmente sem escolta. Após se livrar das motos ela voltou a ficar bem humorada e se transformou num verdadeiro guia.

Em Sunset Boulevard, a famosa avenida de crepúsculo, Jill ia me mostrando as fantásticas mansões dos antigos astros de Hollywood, do período anterior a guerra: Clark Gable, Gloria Swanson, Errol Flynn e muitos outros.

Triste grandeza de um passado! Resquícios de uma época! Algumas habitadas; outras abandonadas e ainda vendidas em leilão.

Deixamos aquela avenida, cujo nome identifica perfeitamente o seu aspecto atual e chegamos na subida, onde começam as colinas de Beverly. Atravessamos ruas cheias de verde, de vida. Contudo, na esquerda e na direita surgiam as obras mais extravagantes que a arquitetônica já concebeu. Todos os estilos e tipos de construção estavam ali na mais pacífica coexistência.

Tudo aquilo me lembrava a cena de "Alice no país das maravilhas". Do meu lado, Jill ia explicando:

- Aquele é o "rancho mexicano" de Frank Sinatra. Este, o "manoir francês" de Lana Turner. Aqui, a "mansion house" de Cary Grant.

E foi por aí fora. Gente conhecida, talentosa, consagrada, vivendo na beleza da harmonia e da riqueza.

Finalmente, chegamos na casa de Jill.

Honestamente. Era uma das mais bonitas. Tinha o aspecto das antigas mansões francesas, que ainda existem no fim da Avenue Victor Hugo, no ponto em que começa o bosque Boulogne, em Paris. E estava certo.

Foi construída antes da guerra, por Adolphe Menjou, o simpático rei do riso francês, e foi adquirida pela mãe de Jill, pouco antes dele morrer. Ele foi obrigado a vender a casa para poder viver com dignidade durante os últimos anos que lhe restavam.

Subimos para o segundo andar onde ficavam os dormitórios. Jill se encaminhou para o seu e a empregada levou suas bagagens. Eu fui levado para o meu quarto, mas não tinha malas. Apenas levava comigo um agasalho que comprei em Saint Tropez e um sapato que peguei emprestado com ocomandante. Havia saído descalço, de Míconos.

A decoração da casa também obedecia ao estilo francês e a mãe de Jill, de forma inteligente, não alterou nada. Todos os detalhes revelavam o gosto do homem que, durante algumas décadas, foi considerado o mais elegante de Hollywood.

Confesso que naquele ambiente, a satisfação da minha vaidade me fazia sentir feliz. Deitei na cama coberta por uma pele e me espreguicei com prazer. As doze horas de avião, deixaram meu corpo dolorido. Uma hora de descanso – cochilei mesmo – me fez bem. Quando Jill veio me acordar com uma carícia maternal, mimosa ou, quem sabe, até mesmo com outras intenções, eu estava com um excelente bom humor.

Me falou que eram quase sete horas e que eu deveria experimentar as calças e camisas que havia comprado. Qualquer ajuste teria que ser feito imediatamente, para que eu tivesse roupa para vestir à noite.

Quando acordo bem humorado, tudo me agrada. Fico extraordinariamente maleável.

Se eu fosse dono de todas aquelas calças em Míconos, teria instalado a tricentésima setuagésima terceira "boutique". Quando saí de Míconos, existiam trezentas e setenta e duas.

A primeira que vesti me serviu. Encerrei o assunto. Os sapatos do comandante, depois de serem engraxados, ficaram como novos. Coloquei uma camisa (Nina Ricci) e assim, relativamente elegante, desci pra sala, bastante satisfeito. Os trinta graus de temperatura de Hollywood, não permitiam outros complementos.

Depois do meu repouso, adquiri as condições necessárias para admirar aquele exótico e pequeno paraíso de dona Jill. Com a exceção do saguão revestido de mármore branco e preto e a da escada que dava acesso aos dormitórios, eu não tinha visto mais nada, até então.

Pela primeira vez observei que todas as salas de recepção tinham saída para os fundos. Lá encontrei um maravilhoso jardim, sem limites e sem cercas, onde o verde enchia os olhos. No centro havia uma piscina em forma de coração ou, melhor examinada, de dois ovos colados.

Aquele paraíso verde não podia ser obra de um simples jardineiro. Acredito sinceramente que tenha sido criado por algum professor de botânica.

Sentamos bem perto da piscina. O ar estava quente, porém agradável, naturalmente por causa da água e do verde. Logo chegou um carrinho-bar com uma grande variedade de bebidas. Era conduzido por um negro vestido de branco.

Jill parecia uma rainha e fazia de tudo para me tornar tão feliz quanto ela.

- Vou organizar uma festa grande, falou de repente, tentando encontrar alguma coisa a mais para me divertir.

Não fiz nenhum comentário. Pensei, entretanto, que uma festa americana seria digna de ser vista, tanto quanto a estátua da Liberdade ou o Empire State Building.

Passados alguns instantes respondi que não seria má ideia. Queria saber como a alta sociedade norte-americana se diverte.

Saímos de noite para jantar, e discutir os detalhes da festa. O primeiro sabor que senti na América foi de um restaurante que Jill escolheu para relembrar minha terra. Não era grego nem tinha bouzouki. Dei sorte uma vez que existem poucos estabelecimentos deste tipo em Los Angeles. Era um restaurante marroquino, considerado um dos melhores. Podia até estar na moda, mas, a meu ver, não oferecia nada de bom.

Nos sentamos nuns almofadões, que por sinal, eram pouco confortáveis, até mesmo para os marroquinos, e comemos com as mãos, seguindo o costume deles. Um árabe imundo nos trouxe uma carne grelhada, comum. O mais engraçado foi que permaneceu um tempão elogiando a carne com adjetivos pomposos e polissílabos que só Deus poderia saber o significado.

Me lambusei inteiro, até a ponto de sentir nojo de mim e da carne, o árabe veio com uma bacia muito própria para banho. Me controlei para não revelar meu péssimo gênio, naquela primeira noite na América. Lavei minhas mãos, escondendo minha irritação.

Jill perdeu seu entusiasmo quando soube que passei cinco anos na Arábia e nunca deixei de usar talheres.

Não conseguimos falar sobre a festa. Nem sobre outras coisas. Apenas nos lambuzamos e nos lavamos.

Quando cheguei em casa tomei banho. Me esfreguei com a esponja de polir panelas para retirar o sebo e a gordura entranhados em minha pele.

Essa foi a primeira noite árabe na América!

Tivemos, também, outras noites. Chinesa, romena, húngara, etc.. Não estranhei. Quando as pessoas se apresentam, nos Estados Unidos, é muito comum perguntarem sua nacionalidade. Quer dizer, qual o seu país de origem, uma vez que todos já estão americanizados. Isto faz com que seja difícil de escontrar um restaurante americano. O único que conheço fica em Londres, e se chama "The Great American Disaster".

Os convites para a festa estavam sendo preparados. Dei uma olhada na lista e quase todos os convidados eram conhecidos. Quando saía na rua só encontrava rostos familiares. Gente que eu já tinha visto em algum lugar. O inspetor de Hawai 5-0; o médico daquele seriado de hospital; um cagueta mafioso e tantos outros. Sem contar que um dia quase atropelamos aquele amigo íntimo do "Grande Gatsby", o de óculos que no filme já era distraído. Imaginem na rua.

É um mundo de caras conhecidas. São figuras ligadas às nossas vidas. É muito fácil encontrar num restaurante o idoso Fred Astaire, que nos transporta para a nossa juventude. Em outro, podemos nos deparar com o conservado Cary Grant, sempre rodeado de lindas mulheres. Comigo aconteceu algo inusitado. Pedi fósforos a um senhor e dei de cara com Warren

Beaty. Não só acendeu meu cigarro como, também, puxou conversa. Ele estava sozinho e profundamente aborrecido.

Estávamos no pequeno bar do Berly Hills Hotel. Eu esperava Jill e Warren, impaciente, aguardava sua irmã, a Shirley Mac Lane. Ela chegou primeiro e minha amiga logo depois nos encontrou. batendo papo e comendo aperitivo.

Quando as pessoas de Hollywood descobrem alguém que não pertence ao meio deles e que, também, não é americano eles ficam vivamente interessados.

É inevitável! Mesmo no paraíso as coisas acabam ficando monótonas, e se torna necessário buscar algo diferente.

CAPÍTULO 16

No dia seguinte Jill se levantou cedo e me chamou.

- Acorde! Eu tenho uma surpresa para você hoje.

Eu sou meio do contra em relação a surpresas, mas gosto de saber até onde vai o gosto e o senso de humor dos meus semelhantes. Durante o café convenci Jill a me contar o quer era.

Se tratava de uma licença especial conseguida junto ao presidente da Universal para visitarmos seus estúdios. A surpresa, além de agradável, superou minhas expectativas. Os cenários de Hollywood alimentaram meus sonhos da juventude, me impressionaram e me excitaram.

Saímos cedo e depois de passar pelas colinas de Beverly, descemos a encosta que leva até o famoso San Fernando Valley. Para mim tudo sobre à arte cinematográfica é extraordinário, e San Fernando era o vale do cinema. De ambos os lados do caminho apareciam motéis, postos de combustível e outros centros de consumo. Todos de muito bom gosto.

De repente, surgiu na nossa frente uma estranha e imensa cidade. Num primeiro plano, lá longe, consegui enxergar, enormes estações e armazéns ferroviários.

- Já chegamos? Perguntei.

- Não, respondeu Jill, esses são os estúdios da Warner Brothers que a Universal comprou.

- Que bom, falei. Fico muito satisfeito que seus negócios estejam prosperando.

Jill não entendeu a piada. Provavelmente pensou que tenho bom coração.

Deixamos para trás os estúdios da Warner e alcançamos os domínios da Universal. Mais galpões e novas cidades que brilhavam com o sol escaldante da Califórnia refletindo nas portas e janelas das casas.

Rodamos mais três ou quatro quilômetros quando, na nossa direita, apareceu a Grande Cidade. Uma inscrição dizia: "Universal Studios, Keep Out".

Apesar do aviso: "entrada proibida", Jill avançou com a segurança de quem dirige um carro de quinze mil dólares e parou na frente dos guardas. Eles se aproximaram rapidamente da janela do carro.

Com uma expressão de quem não aceita discussões, ela se identificou. Seu nome foi como uma palava mágica. Os guardas se encolheram e os portões foram abertos. Sem dúvida, as ordens do presidente eram expressas e determinantes.

Fomos informados que o simpático produtor mexicano, Ernie Kowalsky, nos esperava no estúdio 51. Ele era a nova grande estrela da Universal, no campo da produção. Portanto, seria a pessoa mais indicada para nos mostrar os caminhos, quase inacessíveis, daquele labirinto.

Nos acomodamos num carrinho elétrico e o passeio foi iniciado.

Uma verdadeira multidão, circulava pelas ruas e pelos estúdios, de forma apressada. Jamais consegui entender essa pressa dos americanos. Todo mundo correndo de um lado para o outro, levando papéis, cenários, malas, espelhos e o diabo a quatro, dependendo do trabalho de cada um. Por vezes, quando se cruzavam, trocavam duas palavras e voltavam a correr.

À medida que íamos avançando iam surgindo pequenas casa, dos dois lados da rua, por entre os estúdios. Todas eram praticamente iguais, tinham uma porta e duas janelas. No cimo de cada porta, dava para enxergar a placa que indicava o nome do ocupante: Charlton Heston, Telly Savalas, Ray Milland, Jacqueline Bisset, Laureen Bacall, Alfred Hitchckoc e tantos outros.

Segundo me esclareceram, aquelas casinhas serviam para os atores descansarem nos intervalos das filmagens. Também passavam a noite ali quando tinham que filmar de manhã. Logo cedo.

Essas particularidades não me impressionaram. Contudo, imaginei uma cena engraçada: Laureen Bacal estendendo roupa lavada, em sua sacada e jogando água na sacada de Romy Schneider. O fato provocaria, sem dúvida, os famosos casos hollywoodianos.

Seguimos por outra rua, que mais parecia uma periferia. Logo, nos deparamos com novas cidades, onde abundava o verde.

Era impossível distinguir as àrvores naturais das artificiais. Antigas casas em estilo sulista se espalhavam de ambos os lados, retratando um mundo completamente diferente. Fui informado que aquela região representava um bairro de Nova Orleans e que as casas, autênticas, tinham sido trazidas para cá.

Este cenário, muito peculiar, se estendia por uns quinhentos metros. Ali mesmo atravessamos um arco e nos vimos em Paris. Não era um cenário parisiense, mas sim Paris de verdade. Paris construído, real, imponente, porém completamente deserto. O carrinho parou e eu desci. O que me impressionou foram os detalhes. A perfeição das mínimas coisas. A rua onde estacionamos era a mesma onde Gene Kelly filmou

"Singing in the Rain".

Quando disse a Kowalsky: "esta é a Rue Delambre", ele ficou surpreso.

- Como sabe?

- Simplesmente porque em 1959 eu morava na Rue Delambre número 9. Nessa época a Universal esteve ali filmando a famosa cena da chuva, com Gene Kelly.

Aquela coincidência nos fez pensar nas coisas estranhas que a vida tem.

Fiquei deslumbrado com a perfeição do trabalho de montagem daquela rua que eu conhecia a palmo. Não escapava nenhum detalhe, por mais simples que fosse. Tudo era uma cópia fiel. Os portões, os números das casas e a própria pintura. A pintura, apresentava até mesmo a pátina cinzenta, característica da fuligem de Paris.

O que mais me impressionou, contudo, foi o silêncio absoluto que se observava. Em Paris, também era desse jeito, quando eu voltava cinco da manhã, minha rua estava silenciosa e deserta. Aqui, porém, era muito diferente. Eu sentia uma sensação estranha e indefinida.

Percorremos outras ruas, mas apenas escutávamos o barulho de nossos próprios passos sobre o piso de cimento. Apenas o silêncio determinava a artificialidade. Fora isso, tudo era tão real que se tornava assustador.

De forma imprevisível, surgiu numa ruela, um grupo de bailarinos. Ensaiando. O local ganhou um pouco de vida durante alguns minutos. Depois o grupo desapareceu conduzido pelo coreógrafo.

Continuando nosso passeio pelo deserto, atravessamos uma porta de madeira e entramos em Londres. Tudo perfeito. Num instante nos encontramos em Picadilly. O mesmo silêncio de Paris e os mesmos cuidados com os detalhes. Tinha até a placa grande e luminosa da Coca Cola no alto do prédio do Strand!

Seguimos para uma cidade longínqua, onde a vibração era intensa. Gente, movimento, animação. Recorrendo às lembranças cinematográficas conservadas em minha mente, percebi que se tratava de Oklahoma, do Oeste selvagem. Ladrões, "cowboys", xerifes e bandidos se debatiam em uma luta feroz. Homens e cavalos caiam e se levantavam. O ambiente se encheu de poeira e de tiros. Tiros de mentirinha, é claro. Se fossem para valer ninguém estaria vivo.

Após terminar a luta e recolher as câmaras, nos entregamos para o xerife. O diretor daquele "western" era amigo de Kowalski e na pausa para o café nos revelou muitos segredos dos "cowboys".

Normalmente nós acreditamos que tudo que vemos no cinema ou na TV é fictício e fantasioso. Mas, eu tive a oportunidade de ver dois ou três dublês, realmente feridos.

Atrás de Oklahoma dava para ver uns palácios romanos. Caminhando entre os pilares e as ruínas, chegamos em uma sala onde havia sido filmada alguma cena bíblica. Em um canto, Pôncio Pilatos conversava com Barrabás e tomava Coca Cola. Mais na frente, Cristo lia um jornal. Me deu vontade de fazer o sinal da cruz.

Fomos para outro lado e uma moça espetacular veio correndo beijar Kowalski. Vestida com um manto, provavelmente participava das filmagens. Quando nos apresentaram, levei tremendo susto. Me segurei para não cair e dar vexame. Se tratava de Jacqueline Bisset.

Conversando com Kowalski acabei descobrindo que seu romance com Truffaut tinha terminado de maneira desastrosa.

Gostaria de ter permanecido mais tempo neste lugar, entretanto, e lamentavelmente nosso tempo se esgotou. Eu estava acostumado com todos os astros e estrelas do cinema, mas aquela moça tinha me impressionado vivamente.

Kowalski continuava me mostrando e explicando tudo. Meu pensamento, porém, se mantinha fixo naquele canto do palácio romano onde encontramos Bisset. Minha desatenção era evidente, e quando Jill percebeu, me perguntou se eu estava aborrecido.

Nosso passeio tinha chegado no fim. Durante muitas horas estivemos conhecendo aquele país das maravilhas e eu já me sentia a própria "Alice".

Finalmente voltamos ao ponto inicial do passeio. Após os agradecimentos, Kowalski prometeu que não faltaria na festa de Jill. Quando saímos me deu a sensação de estar retornando de um planeta imaginário.

Naquela noite dormimos em Malibu, na casa de praia de Jill. As ondas, se quebravam debaixo de nossa janela e acalentavam nosso sono.

CAPÍTULO 17

A festa havia sido marcada para a semana seguinte e duzentos e cinquenta convites foram expedidos. A essa altura eu já tinha perdido o entusiasmo e a sede de novidades que as novas experiências costumam nos trazer.

Pouco a pouco a imagem perturbadora que todas aquelas coisas me ofereceram, começou a ganhar a pátina do tempo. Junto com ela, inevitavelmente, a de Jill também foi se apagando. Logo nas primeiras semanas meu entusiasmo se desvanecia. Nem mesmo a expectativa de que mil coisas me aguardavam, renovava meu ânimo. Mil coisas que certamente nunca mais eu teria a oportunidade de ver, sentir, participar.

As atenções de Jill aumentavam a cada dia e acredito que, sua paixão por mim, também ia crescendo. E isso, não me agradava.

Comecei a ficar irritado e aborrecido com as atitudes de Jill. Não tolerava mais suas bebedeiras, como se tivesse conhecido ela em um estado sóbrio. Eu a conheci embrigada e segui ela até seu país embrigada, mas tudo isso agora me estressava e me enojava.

De fato as coisas não estavam bem. Contudo, ainda, não

me parecia o momento adequado para uma explosão. Eu precisava de me decidir. Afinal, era importante uma decisão e não uma explosão inútil.

Alexandra continuava a viver em meus pensamentos e isso me forçava a permanecer mais um pouco na América e, consequentemente, ao lado de Jill.

Eu tentava me convencer de que estava bem ali. Tinha carinho, amor e cuidados. Uma pessoa complicada como eu, precisava, sem dúvida, de uma felicidade serena igual aquela.

Infelizmente, essa tentativa surtia o efeito contrário. A angústia e os ímpetos de fuga se apoderavam de mim, várias vezes. Sentia falta de minha casa em Míconos e de algumas pessoas mais chegadas. Na verdade, eu sentia mesmo era a ausência de Alexandra.

Passei a ficar inteiramente alheio à todas aquelas coisas belas que me rodeavam. No dia da festa, meu humor estava péssimo. Não tinha entusiasmo nenhum por toda aquela gente fantástica que eu ia encontrar.

Jill me observava, e, por vezes fazia até esforços exagerados para me conquistar, outras vezes ficava aborrecida comigo, e se mantinha completamente indiferente. Quem sabe, quantas vezes pensou em me dizer: "olha cara, se você não está satisfeito, se manda".

Naturalmente, ela bebia muito para afogar as mágoas de sua desilusão.

Dois dias antes da festa, os fornecedores começaram a fazer as entregas. Um mundo de coisa! Daria até para montar um supermercado de luxo.

Caixas de fuagrá e de champanhe, latas de caviar e de salmão defumado, além de vodca russa legítima. Do golfo do México chegaram duas enormes caixas térmicas com ostras requintadas, vivas. Carnes de novilho, sem ossos nem pelancas. Queijos franceses, imensas cestas de frutas e tudo quanto se pode imaginar em matéria de iguarias da melhor qualidade.

Eu descia na cozinha e passava horas inteiras observando a confusão entre os cozinheiros, garçons e ajudantes.

No dia marcado, sete horas da noite, estava tudo pronto, organizado e tranquilo. Ficamos, então, esperando os "bárbaros" que iam chegando como uma avalanche, em grupos de sete ou oito pessoas. Faziam um barulho infernal. Buzinas, gritos, risadas. Uma verdadeira loucura!

Sentado na porta do bar da piscina, eu apreciava o espetáculo. Jill não parava um segundo. Recebia os convidados no hall de entrada e, com muita alegria, os encaminhava para o jardim. Eles olhavam ao seu redor, inquietos como ratos procurando por queijo. Tentando descobrir aonde estavam as bebidas. A anfitrioa, prevenida, tinha providenciado quatro bares, distribuídos nos mais diversos pontos do jardim, além daquele onde eu me encontrava. Bebida jamais iria faltar.

Os integrantes dos primeiros grupos eram estranhos para mim. As grandes personalidades chegariam tarde. Aquele atraso muito próprio das pessoas bem sucedidas e seguras de si. Entretano, começou a chegar gente conhecida e depois de muito tempo, finalmente apareceram as figuras importantes.

A classe especial entrou acompanhada do rebuliço característico de sua importância, e na frente da turma vinha Dean Martin. Esse grupo, particularmente, as mulheres, revelava outra categoria. A própria indumentária denunciava a procedência. O rosto de cada um tinha um aspecto quase que exótico.

As moças se destacavam, brilhavam mesmo, não só pelo tipo de maquiagem que usavam. Elas, em si, eram muito surpreendentes. Essa gente atraiu, de pronto, a atenção de todos. Isso, entretanto, durou pouco porque logo depois chegou a turma da pesada.

Naquela época estava sendo filmado o "Grande Gatsby" e a chegada de Robert Redford junto com o grande elenco, do qual fazia parte Mia Farrow, despertou a curiosidade e a atenção de todo mundo. Naquele momento ficou difícil para mim observá-los porque vinham em massa e logo se misturavam com os outros.

Minha posição naquele bar era privilegiada. Nada me fazia sair daquele lugar. Grande parte das pessoas passava por mim, e me olhava como se eu fosse um bicho raro, me cumprimentando com um tímido "hello". Meu rosto era estranho. Alguns entravam no bar para beber ou não e logo se afastavam sussurrando entre si. Provavelmente, queriam saber coisas a meu respeito.

Eu sentia prazer em manter aquela espécie de mistério criada em torno de mim. Não nego que também procurava chamar a atenção naquele universo de artistas internacionais.

Felizmente Jill tinha me perdido ou, quem sabe, por causa da bebida, acabou me esquecendo. Assim, eu não corria o risco de desvendarem o mistério que bolei com tanta imaginação. Sem dúvida, as pessoas me consideravam alguém fabuloso vindo de outro continente. A revelação de minha identidade seria para elas uma triste desilusão.

Certamente eu tinha sido classificado como membro do grupo dos europeus, tendo em conta que, não tenho cara de chinês. Imaginem Jill, contando pra todos que me encontrou descalço, e seminu numa ilha de um pequeno país e me trouxe até aqui. Imaginem o vexame! Meu Deus do céu!

O sonho não durou muito. Requebrando cheia de gracinha e falando alto, Jill veio em minha direção.

- Daaarling! Gritou quando me viu.

Parecia emocionada e de "cara cheia", porém, feliz.

- Você estave aqui o tempo todo?

- Sim. Aqui mesmo, respondi menos feliz que ela.

- Faz tempo que o procuro para apresentá-lo para as pessoas.

Meu estado de espírito piorou. Para que as apresentações? Aquela gente carregada de bebida e de maconha já não reconhecia ninguém.

Quando percebeu que sua ideia me desanimou, acabou despejando todo o seu champanhe em minha boca. As cinco vodcas que eu havia tomado, mais aquele balde de champanhe, provocaram dentro de mim uma luta de demônios.

Jill me puxava pela mão e eu a seguia com um navio sem rumo, sendo rebocado. Encontramos um garçom com a bandeja repleta de taças e cada um de nós engoliu mais vinho espumante.

Devolvemos as taças vazias e continuamos a caminhada. Fizemos mais uma rápida parada para reabastecer novamente. Agora eu a acompanhava melhor. As duas últimas taças tinham anestesiado meu ego aborrecido.

Paramos junto de um grupo de cinco. Todos estavam bêbados. Me lembrei dos garçons das tavernas de Atenas, que falam: "vinho para a turma dos cinco". Acho que não preciso escrever, sobre todo o mundo estar embriagado naquela festa. Aliás, não só festa. Em toda a América dificilmente você encontra alguém sóbrio depois das sete da noite.

A turminha era composta por dois homens e três mulheres. Caras desconhecidas, no mundo do cinema. Jill me falou seus nomes, porém, não gravei nenhum.

Não posso afirmar se as mulheres de Los Angeles, de modo geral, são ou não são muito pudicas em relação à roupa. Nessa noite, no entanto, pouca coisa estava escondida de nossas vistas. Os vestidos eram abertos, na frente, até a cintura, deixando metade do estômago descoberto. As mulheres com pouco peito, ainda conseguiam escondê-lo. Porém, as mais avantajadas faziam ginástica para encobrir suas formas.

Duas das mulheres estavam assim, enquanto a terceira tinha abolido a parte superior do vestido. Usava simplesmente uma charpe com franjas enrolada no pescoço. E exatamente com essas franjas, ou seus seios brincavam de esconder.

Pensei nas crianças quando escondem a cabeça atrás de uma árvore e acreditam que os outros não as enxergam.

Quando uma delas se voltou para conversar com alguém do seu lado, verifiquei que a mesma moda se ajustava, também, nas costas. Três quartos de seu traseiro estavam à vista. A coisa, porém, não parava por aí. Outra mulher se sentou do meu lado e seu vestido estava aberto dos lados, também, até a cintura, isto é, até o ponto onde terminava o decote.

Quando se sentou a saia ficou toda aberta. Estou certo de que apenas eu, o grego subdesenvolvido, poderia imaginar que ela usasse calcinha. A constatação negativa, me deixou de boca aberta. Naturalmente, Jill também não usava aquela pecinha, mas conseguia se cobrir mais que as outras.

Enquanto isso Jill explicava a todos que eu era grego, e que me conheceu na Grécia.

As perguntas choveram e não me surpreendi. Já sabia, de minhas experiências anteriores, do total desconhecimento dos americanos com relação a Grécia e suas coisas.

De pronto, uma bela mulher me perguntou se era inverno ou verão na Grécia. É claro que ela desconhecia em que hemisfério se localiza meu país. No Norte ou no Sul. A outra me perguntou se na Acrópole existiam chafarizes como a Fontana de Trevi, em Roma, onde se joga uma moeda e se faz um pedido.

O interrogatório prosseguia cheio de bobagens.

O dono de uma empresa de eletricidade, da Califórnia, me perguntou se Melina Mercuri era judia. Ele devia ser o crânio da turma e, certamente, tinha assistido "Nunca aos Domingos".

Eles me viam como o único representante genuíno da Grécia e nada sabiam sobre ela.

Jill me arrastou para me apresentar pra mais americanos "notáveis". A essa altura o jardim estava repleto de gente de todas as espécies. No visual, as mulheres eram lindíssimas. Cada uma mais bonita que a outra. Os homens, também, tinham boa aparência, mas eram excessivamente barulhentos. Sem exagero, metade deles era "viado". Pra variar, todos estavam bebuns e pareciam se divertir.

Os americanos são simpáticos, mas não consigo entender a razão de tanto barulho. Gritavam, riam e faziam um verdadeiro rebuliço. As mesas iam se esvaziando e a comida não lhes pesava e, nem tampouco, diminuía a embriaguez. Comiam uma torrada com caviar e tomavam cinco taças de champanhe para digeri-la. Pediam uma garrafa de Bourgogne para acompanhar uma coxa de faisão.

Assim, é impossível encher o estômago de alguém. Consequentemente, ficavam mais alegres e se expandiam com pequenas sacanagens. De repente, começaram a atirar as cerejas, que enfeitavam as tortas, uns nos outros. A brincadeira, entretanto, começou a ganhar maiores dimensões.

Fazer o que? Alguma coisa aquelas crianças crescidas tinham que promover. Diálogo entre eles não existia. Nenhum contato. Nenhuma afinidade. Dva apara notar isso pelo modo de dançar. Cada um olhava em uma direção. Eles precisavam se distrair. E bebiam. Começaram a beber em casa e terminavam sua dose aqui.

Em determinado instante, percebi, que as figuras de maior destaque, as mais conhecidas, deixaram de circular. Eu, pelo menos, deixei de vê-las. Teriam se retirado, aconselhados pelo bom senso? Ou simplesmente se afastaram da gentalha? Sei lá! Os que sobraram não demonstravam sinais de cansaço, de saturação, de desagrado.

A bebida causava seus efeitos, mas não era apenas isso. Jill, de vez em quando, distribuía maconha em umas cigarreiras de prata. Agradava seus convidados, porém aquilo se transformava em verdadeira bomba. Bastavam algumas baforadas para se alcançar o sétimo céu.

Abandonaram as cerejinhas, e mudaram suas munições para pedaços de torta. Quem era atingido pelos projéteis de creme e chocolate, só conseguia se livrar das balas perdidas com escova e detergente. Agitando as garrafas de champanhe, eles tentavam se limpar com a bebida que saía sob pressão. Isso aumentava a alegria, e a confusão. Um verdadeiro inferno!

A coisa esquentou (ou esfriou?) quando Jill teve a "brilhante ideia" de retirar tudo, quer dizer, retirou o vestido que custava alguns milhares de dólares e se jogou na piscina. Levando com ela mais dois convidados.

Isto foi o sinal do... era uma vez... Em questão de segundos a piscina se encheu de gente. Os homens, em sua maioria, eram empurrados uns pelos outros, e caíam completamente vestidos na piscina. Por sua vez, as mulheres não precisavam de muito esforço para se livrarem de seus minúsculos trajes.

Grande parte das pessoas conseguiu ir embora quando começou a confusão. Os garçons, acostumados com cenas daquela espécie, se afastaram discretamente. Ficaram na piscina uns trinta ou quarenta: homens, mulheres e... viados.

Gritavam doidões, davam risadas, escorregavam e arrancavam a escassa roupa que ainda cobria alguns deles. Todos ficaram nus. A bagunça durou bastante tempo.

Depois, saíram de lá aturdidos, sem fôlego e completamente molhados, se sacudindo igual cachorro.

Jill e mais duas moças foram as primeiras a sair. Completamente nuas correram para dentro de casa procurando por toalhas. Os outros, um a um, seguiram o exemplo. Finalmente a piscina ficou vazia e a festa foi transferida para o andar superior da mansão. Para os oito quartos com seus respectivos banheiros.

No jardim, um estranho silêncio! Algum serviçal responsável apagou as luzes e, agora, só os reflexos da claridade dos quartos revelava o que restou, após a passagem dos bárbaros.

Mesas e cadeiras derrubadas, espalhadas por toda a extensão do jardim, formavam um triste cenário. A piscina parecia mais um monte de lama imunda, e na sua superfície boiavam bolotas de creme e de chocolate misturados com um monte de trapos. Restos de vestidos que custaram verdadeiras fortunas.

Não posso precisar quanto tempo demorou até eu decidir subir no andar de cima.

CAPÍTULO 18

À medida que eu subia os gritos e as risadas ecoavam com mais intensidade. Isso bastou para eu entender em que estado se encontrava cada grupo.

Quando alcancei o patamar, olhei para a porta aberta de um dos banheiros, e me deparei com um espetáculo ainda mais degradante. Uma das mulheres, estava completamente despida, meio que sentada no chão de mármore, e mantinha a cabeça dentro da banheira.

Pensei que estivesse passando mal e entrei para ajudá-la. Errei feio. Ela, que estava, "ajudando" alguém de costas dentro da banheira. Saí e fechei a porta. A perdição explodia em cada canto daquela casa.

No sofá grande do corredor tinha um homem semi deitado, inconsciente, com os pés e as mãos apoiadas no chão, numa posição extremamente desconfortável. Passei direto e fui para o meu quarto.

Por descargo de consciência procurei Jill. Seu estado me preocupava. Minha porta estava aberta. Pensei, que ela estava me esperando. Me enganei denovo. Outra surpresa. Em cima e embaixo da cama o sexo reinava em toda sua plenitude.

Duas moças estavam deitadas sobre a cama. Uma de costas e a outra de bruços. Nenhuma era Jill. Em cima da mulher que estava de bruços havia um homem que gemia. A outra, tinha a cabeça de um homem entre suas pernas, e tentava trazê-lo para cima. Ele estava ajoelhado no chão e só encostava na cama da cintura pra cima. Atrás dele tinha um homem grudado que dava um jeito nele.

Quando a moça me viu, largou a cabeça do cara, abriu os braços e gritou:

- Come here you, isto é, vem aqui você.

Alguém entrou atrás de mim e correu para ela. Sem se preocupar com a escolha, agarrou o cara e começaram a transar.

Deixei o quarto sentindo uma estranha sensação. Claramente, não era excitação sexual. Nem nojo. Aquela moça era tão bonita que, talvez, tenha me provocado sentimentos de vergonha.

Caminhei pelo corredor até o quarto de Jill. Naquele sofá havia, agora, uma mulher massageando o tal homem. Massageava e acariciava o homem tentando reanimá-lo. Ao me aproximar ela me olhou sorrindo.

- He is dead, falou. Morreu.

E continuou rindo. Mantendo o mesmo sorriso, lhe deu um tapão capaz de lhe arrancar metade da dentadura. Ele gemeu, abriu os olhos, se ergueu e a puxou pra cima dele.

Chegando no quarto de Jill. A porta estava fechada. Mas, ao me aproximar ela se abriu, e dela saiu um homem completamente nu. Me olhou e sorriu. Aliás, o efeito da maconha, fazia todo mundo rir.

- Pode entrar, autorizou. Tem uma vaga.

Entrei. Aquelas palavras, de certa forma, me prepararam para a cena que eu iria presenciar. Provavelmente, estava acontecendo em todos os quartos o mesmo que eu havia visto em meu quarto.

Que previsão otimista! O que eu vi superava minha imaginação mais paranoica. Ao entrar naquele aposento, senti o cheiro da maconha. As duas lâmpadas dos criados mudos estavam ligadas e me permitiram visualizar Jill.

Inteiramente nua e de costas, apoiava a cabeça no ventre de outra moça que estava atravessada na parte superior da cama. Com muita naturalidade, engolia o membro de um homem ajoelhado sobre seu peito. Pensei que ia se engasgar. Mais abaixo, um bicha rindo histericamente, mantinha suas pernas abertas, para que outro homem, também, de joelhos, a possuísse.

Completamente chapada, acredito que ela não enxergava nada, muito menos sabia com quem estava transando. Entendi onde era a vaga anunciada, quando cheguei. O homem gordo e suado que transava com ela, não conseguia gozar, de tão drogado que estava. Por isso, que o viado estava rindo.

Todos os vícios e desvios sexuais foram condensados naquela cama.

A cena, entretanto, não terminava por aqui. Alguém chicoteava violentamente as costas do indivíduo, que Jill satisfazia de forma oral. Ele sangrava muito e o cara que batia nele soltava gritos que mais pareciam rugidos.

Fiquei estático, sem conseguir dar um passo. Tive receio que o masoquista, num momento de descontrole total, pudesse asfixiar Jill. Ao mesmo tempo acabei me convencendo que ela, era acostumada com aquelas orgias, e sabia se defender.

Jill libertou sua boca e começou a gritar, de forma histérica. Quase desmaiando. Mesmo assim, se voltou para mim, me olhou fixamente, mas, sem nenhuma expressão. Não me enxergava. Apenas olhava. Eu a conhecia e já tinha escutado seus gritos. Sabia, perfeitamente, o que acontecia com ela naquele momento. Logo em seguida relaxou e sua cabeça descaiu para o lado.

Pensei comigo: "o espetáculo chegou no fim". Puro engano! O chicoteado, no auge da loucura, agarrou brutalmente aquela cabeça paralisada, descarregando seu prazer na boca de Jill. Ela sufocava. De seus os olhos injetados de sangue e de sua garganta saiam sons abafados, um misto de soluços e gemidos. Satisfeito, o desgraçado rolou pelo chão, uivando de dor e prazer como um animal. Seu instinto o possuiu como se fosse um cachorro.

Jill parecia uma desgraçada, nadando em um poço de vômito. Uma repugnante mistura de champanhe, vinho, caviar, carne e esperma de um ou mais homens.

O gordo estava caído em cima dela e num esforço doentio, procurava outras formas de sexo que só os doentes mentais como ele buscam. O viado, completamente doidão, acabou se enrolando com os dois.

Estava saindo do quarto, sem saber o que sentir, quando entrou outro cara. Seu ar, também, era inexpressivo. Derrubou o gordo de cima de Jill e a retirou daquela cama suja, e a colocou no chão, sobre o tapete. Ela estava meio inconsciente. Abriu seus olhos depois de receber um monte de tapas no rosto. Cravando as garras em seu protetor, fez um movimento brusco, o puxou para cima dela, e os dois se esfregaram brutalmente.

Isto me deixou arrepiado. O cérebro humano é um abismo! Fui andando para trás e deixei o quarto.

Minha mente ficou baralhada com tantas coisas juntas. Caminhando, inconscientemente, alcancei meus aposentos. Lembrei queem uma das gavetas tinha algum dinheiro. Peguei nele e desci as escadas. Lá embaixo, tudo escuro. Cheguei até o portão. Logo que sai no ar livre, respirei fundo.

Precisava tanto de ar...

Fui descendo Beverly Hills. Que sossego em volta de mim! Pelo menos parecia.

Entretanto, escutei um homem gritando. Fiquei sem entender, se estava cometendo algum delito ou se ele tentava me proteger. De qualquer forma era bobagem perder tempo comigo, tendo em conta que, atrás daquelas portas milionárias a perdição se propagava. Os entorpecentes. A miséria. O que acontece, é que a polícia dificilmente atravessa essas portas. Na América é desse jeito. O dinheiro vale mais que em qualquer parte do mundo.

O vigilante me segurou pela mão e me fez sentar no banco traseiro do carro da polícia. Rodamos por algum tempo e paramos num lugar onde havia luzes e taxis.

- Here is your taxi, falou, abrindo a porta da viatura.

Quando desci, ele falou para o motorista me levar no aeroporto. Percebi que o cara queria saber se eu tinha dinheiro. Tirei o maço de notas, que peguei na gaveta.

- Viu? Perguntou o policial.

O motorista acenou com a cabeça.

Para completar sua tarefa, o policial, anotou o nome e o número da placa do taxi. Desse jeito, se eu fosse assasinado ele saberia quem foi o autor.

Me acomodei no banco de trás e dormi.

Acordei com o motorista me chamando. Havíamos chegado no aeroporto.

CAPÍTULO 19

Quando alguém vê a América, lá do alto, jamais desconfia das misérias e das grandezas que ali existem.

O sol, recém-nascido, envolvia Los Angeles com seus reflexos brilhantes. Eu admirava aquele espetáculo maravilhoso enquanto o avião ganhava altura em direção ao Polo Norte.

Escolhi a parte traseira do avião. Levantei os braços de cinco poltronas e preparei uma deliciosa cama com um montão de cobertores e travesseiros. Durante dez das doze horas de voo, dormi tranquilo, calmo, sem pesadelos.

Chegando em Londres, o cheirinho da Europa melhorou meu humor. Me senti no paraíso e na verdade ele era minha própria casa. Os ingleses tratam os seus de maneira completamente diferente dos americanos. Na Inglaterra, parece que vivemos em um mundo de sonhos, no meio de pessoas educadas.

Duas horas mais tarde eu sorria de felicidade quando peguei o avião para Atenas. Ao me acomodar nele me senti envolvido pelo ambiente acolhedor de minha terra. "O comandante tal, deseja a todos uma boa viagem. Dentro de três horas e dez minutos estaremos aterrissando em Atenas".

Mesmo estando na classe turística, a aeromoça, que era minha conhecida, me trouxe uma taça de champanhe, antes de decolarmos. Não tive condições de recusar. Naquele instante, contudo, aquela era a última bebida que eu pretendia tomar ou mesmo cheirar.

- Estou sendo muito mimado por você.

Ela moveu a cabeça e retrucou:

- Não diga isso. O senhor foi mimado a vida toda.

Tinha razão. Aprontei cada uma em minha vida! Acabei indo embora, há um mês atrás, com aquela depravada, sem saber para onde. E por que não? Por que não tirar proveito da fraqueza dela? Se eu não tivesse ido eu poderia me sentir mais decente e sério comigo mesmo. E daí? O mundo já está cheio de gente séria!

Com estas reflexões acabei cochilando. Meu horário ficou meio baralhado. Neste momento, era de noite em Los Angeles, e aqui nos aproximávamos do meio dia.

O aviso de aterrissagem me acordou. Fiquei feliz. Muito feliz! Nestes últimos dias eu estava melancólico, angustiado. Voltar mais parecia um sonho inatingível, porém, era algo que eu desejava com todas minhas forças.

Pela primeira vez, achei a alfândega grega e seus funcionários extraordinariamente simpáticos. Nos Estados Unidos, quando você chega, não passa de um estrangeiro, que se torna alvo de mil e uma suspeitas. No mínimo, você é taxado de contrabandista, no pensamento deles. Depois de revirarem sua bagagem e constatarem o contrário, você acaba se transformando em uma agradável surpresa para o fiscal negro.

Tudo bem! Deixa pra lá! Agora, a América estava bem distante e não havia razão para continuar pensando nela. Que fique lá longe!

Apesar do outono estar no fim e permanecer esquecido até o próximo ano, o inverno não parecia estar próximo. Um lindo sol banhava o Mar Sarônico azul.

Eu sabia muito bem a causa daquela felicidade. Não ousava, porém, confessá-la nem a mim mesmo. Estava bem perto! Perto de quem? A resposta era simples. De alguém que há um mês e meio tinha alimentado os meus mais belos sonhos. Saí apaixonado e voltava mais louco ainda por ela.

Estava nervoso, quando liguei. Ninguém atendeu. Estranhei porque normalmente Alexandra deveria estar em casa.

Fiquei meio puto, e liguei para Marilena. Contudo, me faltava disposição para escutá-la. Não tinha interesse em seus complexos e amarguras. Desliguei antes de começar a chamar. Seria até impossível para mim, escutar sua voz. Neste momento, fiquei irritado ao perceber que a odiava.

Um homem maduro não pode ser dominado por essas fraquezas. Porque, afinal, o ódio é um sentimento de fraqueza. Pessoas que não conseguem ignorar a aversão que tem por outras pessoas, são fracas.

Esqueci a ideia do telefone e como não estava carregando bagagem, entrei em um bar para tomar uma cerveja, pensei que poderia organizar meus pensamentos.

Acabei não entendendo porque fiquei no bar e não fui direto para minha casa, em Atenas. Seria muito mais fácil fazer as ligações de minha casa para tentar localizar Alexandra.

De repente tive um pensamento estranho. ou melhor, tomei uma decisão estranha. Pensei em ligar do bar mesmo.

Chamei o garçom e lhe pedi para fazer a ligação. Fiquei emocionado quando atenderam, de tal forma, que pedi para repetir 3 vezes "alô". Era a própria Alexandra. Ela estava gritando, e eu mal consegui falar:

- É você? Onde você está?

- Sou eu, sussurrei. Que foi?

- Seu insensível! Ainda pergunta o que foi? Onde você está, afinal?

Me acalmei para tentar conversar de forma tranquila..

- Por favor não grite, me conte o que está acontecendo. Eu estou em Atenas.

- Onde você esteve? Continuou no mesmo tom.

Seu interesse, revelando, sobretudo, preocupação, me deixou animado e me transmitiu um pouco mais de autoconfiança.

- Alexandra não grite por favor, eu estava na América.

- Ótimo! Meus parabéns! Você foi naquele iate?

- Sim. Respondi seco.

- Me contaram, mas não acreditei.

Comecei a acreditar que meu desaparecimento tinha feito um milagre. Ela prosseguiu:

- Quando você vem para cá?

- Estou no aeroporto. Se tiver um voo até cinco horas, consigo chegar ainda hoje.

- Tem sim, gritou novamente. Venha logo.

- Ok. Vou pegá-lo. Me espere em casa.

- Não! Gritou, como se eu tivesse feito algo de errado. Vou esperá-lo no aeroporto.

Desliguei depois de lhe dizer apenas "tudo bem". Não conseguia conter minha alegria. Além de encontrá-la e de falar com ela, Alexandra demonstrava felicidade por me reencontrar.

Após minha dramática aventura na América, comecei a me sentir gente, de novo. Gente normal e apaixonada. Sabia, também, que era correspondido, tendo em conta que Alexandra estava ansiosa para me voltar a ver.

Corri no guichê e comprei uma passagem para Míconos. O avião partiria dentro de trinta minutos.

Retornei no bar, mas não pedi cerveja. No estado em que me encontrava que efeito ela poderia produzir? Eu precisava de dinamite líquida para me recompor.

Dentro de mim, tinha um conjunto de sentimentos. Estava feliz, confuso e emocionado. Mas, acima de tudo, com medo de viajar naquele "teco-teco". Para aumentar meu medo, ventava e quando venta no Elinikon, em Míconos, os telhados das casas acabam voando.

Depois do segundo uísque meu receio diminuiu em cinquenta por cento. Após o quarto eu já estava completamente animado para encontrar a mulher amada.

Entranto, o avião começou a chacoalhar e isso abateu um pouco meu ânimo. Os pensamentos voltaram a se tumultuar, e me deixaram meio seguro.

O que estaria fazendo Alexandra em Míconos, em pleno inverno? E Marilena, será que ainda continuava lá?

Tentei me tranquilizar. Se ela ainda estivesse em Míconos, não havia razão para Alexandra se mostrar tão ansiosa com o meu retorno.

Um sacolejo mais forte me alertou para a realidade e os medos se tornaram mais intensos. Afinal, se o avião despencasse meus sonhos e paixões não serviriam de nada. Talvez, nem encontrassem um pedacinho meu para fazer um enterro decente.

Olhando pela janela ganhei novamente coragem. Estávamos sobrevoando a Psarou para fazer a aterrisagem.

Meu Deus! Cheguei! O céu estava nublado, mas lá embaixo, tudo estava branco, límpido e cheio de luz! Tudo parecia tão vazio e deserto, um clima extremamente romântico!

Se o que eu trazia dentro de mim tem o nome de felicidade, então eu podia parar de procurar a palavra certa. Chegou o momento de viver!

Certamente eu viveria para desfrutar de tudo aquilo. O avião já estava rodando pelo corredor do aeroporto. Logo avistei Alexandra, de pé, afastada das outras pessoas. Olhava o avião, chegando em sua direção.

Ela permaneceu estática, no mesmo lugar. Fui um dos primeiros a deixar o avião. Quando me dei conta estava correndo em sua direção. No meio do caminho me apercebi, que ela não estava entusiasmada. Em seu rosto, um sorriso duro, gelado. Tentei reimaginar as palavras que trocamos no telefone. Imediatamente, percebi, que na minha imaginação, eu tinha criado uma situação irreal. Revivi suas palavras: "onde você está? Não venha para casa. Eu o espero no aeroporto."

Se ela estava com esta expressão quando me falou estas palavras, não havia, realmente, motivo para estar empolgado.

Quando, finalmente, me aproximei dela eu me sentia inteiramente decepcionado. Minha felicidade durou pouco. Em fração de segundos me percebi de meu engano. Mesmo assim, não conseguia entender o que estava acontecendo.

Fingi tranquilidade, segurança. Tomei ela em meus braços e a beijei. Fiquei com a sensação de estar beijando algo inanimado. Pouco depois, entretanto, ela amoleceu. A expressão dura foi substituída por um ar de fraqueza. Ela me apertou em seus braços como se estivesse procurando um ponto seguro onde pudesse permanecer para sempre.

Cada vez entendia menos aquela moça. Apesar de tudo, ela exercia uma enorme influência sobre mim. Meu humor se transformava com qualquer reação da parte dela. O seu abraço foi suficiente para me retirar do desencanto e me transportar até o reino da esperança.

Caminhamos de mãos dadas até o taxi do Nicolas, com quem Alexandra tinha vindo.

Entramos no carro e Nicolas, com a liberdade simples que nossa amizade lhe permite, me perguntou em tom severo:

- Onde você esteve esse tempo todo, hein cara?

- Na América. Agora vê se cala a boca e toca para frente.

Só faltava o danado mexer na ferida. Mesmo assim, eu

preferia Nicolas com sua grossura de caipira que aquele motorista de Los Angeles, que olhava apenas para o meu maço de dinheiro.

Ficamos silenciosos durante o trajeto. Ameacei perguntar 3 vezes por Marilena, mas não tive coragem. Achei mais prudente aguardar o rumo que a conversa iria tomar.

O silêncio foi quebrado por Nicolas.

- Meus pêsames. Você talvez não saiba porque não estava aqui.

Fiquei surpreso, um pouco pela quebra do silêncio e muito mais pela notícia.

- Quem? Insisti preocupado.

- Sei que você vai ficar muito triste, principalmente porque não estava aqui.

- Quem? Repeti. Fala de uma vez, gritei, quando percebi que se tratava de alguém bastante chegado.

- Mesmo que eu diga, você não vai acreditar... Konstandis...

- Não! Foi só o que consegui falar.

Desnecessário seria perguntar "como" ou "por que". Konstandis, o maravilhoso e insensível filósofo da vida, havia partido. "Chegou sua vez" como ele mesmo diria. Era mais um cara bacana que se despedia deste mundo!

Quantas lembranças eu guardava dele! Suas brincadeiras, suas frases sérias! Palavras cheias de sabedoria que deixavam a gente sem fala! Que maneira fantástica de encarar a vida! Quanto chorou quando Marcel morreu! Quantas vezes, ele que nada tinha nada, me encorajou a mim que tinha tudo!

Na verdade, a morte de Konstandis não surpreendeu a ninguém. O quer era estranho, era o fato de ainda estar vivo. Ele não tinha saúde. Seu fígado estava destruído e só tinha metade do estômago. A outra metade ficou na lata de lixo de uma sala de cirurgia. Seu pulmão era outra miséria. O resto de seu organismo e seu espírito extraordinário eram mantidos com pouca comida, muito vinho, cigarro e o ar puro de Míconos.

Há uns quinze anos ele estava aqui de favor. Mas, Konstandis não era um cara comum. As pessoas comuns morrem quando chega a hora. Ele não. Com sua filosofia conseguiu enganar até Deus.

Comecei a me lembrar de nossa brincadeira com Fouskis, quando falávamos: "Afinal, cara, vai morrer ou não, pra gente tomar todas?" Ele ficava furioso não com sua morte, mas pelo fato de não poder participar da festa.

O destino preferiu, que eu não estivesse presente na derradeira hora de Konstandis. Sua morte ocupou tanto minha mente que cheguei a esquecer meus problemas atuais.

Alexandra não falou nada. Sabia o quanto eu gostava dele e como iria sentir sua falta. Tinha certeza, também, que palavras de consolo eram inúteis para mim. É inconcebível que algumas palavras bobas, de conforto, possam substituir a presença de alguém que jamais voltará.

- Amanhã te pego para gente ir no cemitério, garantiu Nicolas.

- Vem mesmo, concordei, e me calei.

Chegamos na praça, perto da estátua de Mandó e descemos do carro.

- Vamos tomar café, convidou Alexandra me puxando pela mão.

Caminhamos pela praia que, nesta época, está quase sempre deserta. Entramos no bar do Nikita e ela, se adiantou, sentando em uma das mesinhas.

Me sentei também, e respirei fundo. Estaria mentindo se dissesse que nada de mais tinha me acontecido nas últimas quarenta e oito horas.

A América tinha me deixado indiferente. Mesmo sendo uma grande experiência, não posso negar que mexeu comigo, mas todas as experiências são assim. Além disso, a confusão em torno de Alexandra e a viagem de avião, me causaram um profundo cansaço físico e mental. Parecia impossível aguentar tudo isto por muito tempo.

O que, realmente, me arrasou, foi a notícia da morte de Konstandis. Eu não queria conversar, não queria ouvir, nem fazer nada. Nem mesmo me preocupava com Marilena. Eu desejava apenas cair em minha cama e dormir vinte e quatro horas seguidas.

Contudo, isto, não significava que minhas angústias haviam desaparecido. Muito menos, deixei de pensar no rumo que meu relacionamento com Alexandra estava tomando. Cheguei naquele ponto, em que um inocente acaba confessando crimes que nunca cometeu, após dois dias de interrogatório.

Só queria dormir. Os problemas, eu deixava na mão de Deus.

- Vamos terminar logo o café, meu bem. Não vejo a hora de chegar em casa para cair na cama.

Ela não reagiu. Tomou um gole da bebida quente e tentou dizer alguma coisa. Não demonstrei o menor interesse. Naquele momento eu não queria conversa.

Estava pagando a conta quando recebi um tapinha amigável nas costas. Era Thanassis, o médico.

- Opa. Tudo bom? falei.

Ele se sentou com a gente.

- Com certeza você já sabe, falou com ar constrangido. Não há nada a fazer! É a vontade de Deus.

Eu sabia que ele era amigo de Konstandis, mas, não queria ouvir palavras de conforto. De forma bem seca, cortei o assunto.

- Konstandis não se dava muito bem com Deus, porque Deus não lhe oferecia nem cigarros, nem vinho.

Por um breve momento, Thanassis, revelou uma expressão de quem não estava entendendo nada. Depois, procurou me explicar.

- Deixa o Konstandis pra lá! É sobre a moça que estou falando.

Aquilo tirou meu sono.

- Que moça? Thanassis, perguntei agoniado, arregalando meus olhos.

Me olhou assustado e se voltou para Alexandra. Ela, por sua vez, assumiu um ar de culpa, me dando a entender que tinha muitas coisas para me contar.

Milhões de coisas horríveis passaram por minha cabeça, sempre envolvendo Alexandra, embora ela estivesse aqui, viva do meu lado.

Angustiado agarrei suas mãos.

- Me diga, querida, o que aconteceu com você?

O médico, estupefacto, parecia sentir complexo de culpa.

- É Marilena, meu bem. É sobre ela que estamos falando. Começou a chorar e não conseguiu continuar.

Engoli em seco. Eu seria desonesto, se não admitisse que me senti mais aliviado.

Entretanto, Alexandra se aproximou um pouco mais, enxugou os olhos, e prosseguiu:

- Você se lembra daqueles dois dias que ela passou em Atenas?

Como não lembraria, pensei.

- Então. Ela foi no médico buscar uns exames que fez antes de chegar em Míconos. Marilena suspeitava de algo grave e por isso procurava se divertir ao máximo. Tinha certeza de que estas seriam suas últimas férias. E pra piorar ainda mais. Acabou gostando de você.

Interrompi nervoso:

- Esqueça as teorias e me conte tudo de uma vez. O que você quer dizer com últimas férias? Afinal, o que está acontecendo com Marilena? Ou... será que morreu?

- Ela vai morrer logo. É uma questão de dias. O câncer tomou conta dela. É isso que estou tentando explicar esse tempo todo. Pare de gritar e escute.

Olhei para Thanassis.

- É isso mesmo. Eu vi as radiogradias e não há esperança. Quando você a vir, não vai reconhece-la.

Fiquei aborrecido. Essa era a última coisa que eu esperava escutar, principalmente naquele dia em que uma monte de coisa me arrasou.

Eu senti remorsos. Como poderia prever tudo aquilo, quando saí de Atenas, com Marilena, dois meses atrás?

- Por que não a levamos para o hospital? Falei.

- Ela quer ficar aqui. Thanassis está cuidando dela, disse Alexandra, fazendo um esforço enorme para controlar o choro.

Insisti com o médico e amigo.

- Não há, mesmo, nenhuma esperança?

Ele se limitou a movimentar a cabeça de forma negativa.

Fiquei profundamente triste e chocado. A tragédia aconteceu com muita rapidez. A força moral que me ajudava a suportar tudo, morreu.

Precisava ver Marilena. Ela se preparava para partir, não se sabe para onde. Possivelmente para um mundo solitário, frio e sem luz. Ela que adorava o sol brilhante de Míconos, suas praias quentes e todo aquele mundo maravilhoso ao seu redor. Estava indo, agora, sozinha para lugares estranhos. O pensamento de morte era insuportável para mim.

Os dois estavam em silêncio, e eu não fiz mais perguntas. Perguntar o que? Dizer o que? A morte e a tristez, me roubaram todas as palavras.

- Vamos embora, falei de repente e me levantei.

Começamos a caminhar. Eu, na frente e logo atrás, Alexandra e Thanassis. Ninguém falava. Parecia um enterro, mas, neste caso, o caixão viria depois.

Entramos na ruazinha do Correio, passamos pelo Museu e paramos em frente da Paraportiani. Instintivamente olhei para dentro. Vi a igreja que Marilena tanto admirava. No meio, daquele por do sol de inverno nebuloso, na extremidade da rocha, na entrada de Kastro. Suas curvas brancas escondiam a praia de Diles. Minha casa, onde ela estava, se situava alguns metros mais abaixo.

CAPÍTULO 20

Me faltava coragem para ir até lá. Dei a volta em torno da igreja e parei no pequeno pátio. Ali, era possível observar o mais belo mar do mundo.

O reflexo cinzento criado pelas nuvens, dava uma cor verde brilhante à água, logo abaixo da rocha. A gente quase enxergava o fundo do mar.

Olhando lá de cima, vinham em minha mente as palavras de Marilena: "Strati, quando você morrer vou enterrá-lo nesta praia, no fundo do mar".

O cansaço e a amargura me traziam pressentimentos e recordações terríveis.

Subitamente voltei e me dirigi com passo firme à casa, como se quisesse me libertar de meus antigos sonhos. Os outros já haviam entrado.

Corri, pelos degraus com o coração apertado. O portão azul estava aberto. Cheguei na sala, e um cheiro forte de remédio invadiu minhas narinas.

Fui direto para o meu quarto e sentei na minha cama. Alexandra tinha escutado meus passos e veio até mim. Se acomodou do meu lado e me beijou no rosto. Tinha um ar de compaixão, tristeza e dor. Se apercebendo de minha perturbação, procurou me ajudar. Provavelmente, ela já havia aceitado a ideia da morte, que não demoraria muito pra chegar.

- Vamos. Vem vê-la, insistiu carinhosamente, e me tomou pela mão.

Nervoso e com a emoção de quem se depara com a morte pela primeira vez, acompanhei Alexandra, até o quarto.

Meu Deus do céu! Aquele cadáver sobre a cama não podia ser Marilena. Aquela Marilena viva, saudável, e alegre, que eu trouxe para Míconos. Eu via um ser que não parecia vivo.

Daquele rosto bonito só restavam dois olhos negros, turvos e inchados, ocupando todo o rosto. Um rosto transfigurado, esquelético. Pele e osso. Quase uma caveira...

Não havia sangue em suas veias. Respirava, de forma ofegante e olhava fixamente no teto.

Completamente mudo, fiquei apenas observando, sem acreditar no que estava presenciando.

Alexandra acariciou seu rosto e ela se voltou para observá-la, contudo, sem nenhuma expressão. Thanassis segurou seu punho – apenas osso – para verificar sua pulsação. Triste cena. Sinistra. Dolorida.

- Marilena, é Strati. Ele voltou.

Quando, Alexandra pronunciou meu nome, a pele do seu rosto sem cor se franziu, num pequeno espasmo. Seus olhos se mexeram lentamente em minha direção e, quando me avistou, sua expressão mudou levemente. Fazendo um grande esforço, esboçou um sorriso. Seus lábios ressecados e feridos fizeram um pequeno movimento, emitindo um som seco. Me curvei e consegui ouvir um "iassu" sussurrado com enorme sacrifício e sofrimento.

Em seguida, voltou sua cabeça, fechou os olhos e começou a respirar com mais dificuldade ainda.

Fiquei me perguntando se aquele "iassu" era para me desejar boas vindas ou para me dizer adeus.

Deixei o quarto me sentindo dentro de um pesadelo. Thanassis foi embora prometendo voltar no dia seguinte. Para que? De que adiantava mantê-la viva?

Alexandra, foi para a cozinha, preparar um caldo para Marilena. Se é que Marilena conseguiria engolir algumas colheradas. Sua obsessão em mantê-la viva era algo ditado pela natureza, que ninguém conseguia explicar.

Eu, pelo contrário, sempre fui mais prático. Do mesmo modo que acredito em uma vida boa, acredito, também, em uma morte boa, através da eutanásia. Deus, através da igreja, determinou que os médicos não a pratiquem. Como dizem: "Ele fez tudo com sabedoria". Onde está essa sabedoria? Por que o homem deve lutar até para morrer? Por que não ir mais cedo para levar alguma lembrança agradável desta vida efêmera.

Tassos, o dono do caíque, tem toda a razão. Ele sempre diz para Deus: "Ô cara, quero que me mate de pé".

A noite saí com Alexandra. Não havia razão para ficar em casa. Marilena, passava horas, entre o estado de apatia e coma.

Alexandra vivia intensamente a agonia de Marilena, e eu, não conseguia entender seus sentimentos por ela. Eu tentava, de todas as formas, fazer com que ela, se acostumasse com a ideia, de que não somos eternos neste mundo. Esta tentativa revelava, evidentemente, o ciúme e a paixão que eu sentia por ela. Ainda que seus sentimentos fossem de dor e de tristeza.

Foram necessárias poucas horas, para que minha paixão por Alexandra voltasse, com maior força. Mas, as incertezas continuavam. Eu ainda não sabia, o que significava para ela, e, não compreendia o que ela pretendia de mim. Quando voltei para Míconos, ela ficou anciosa para me rever, e não foi por causa de Marilena. Sei disso, porque ela mesma afirmou, em um determinado dia.

- Strati, sou bastante forte e não preciso de apoio. Sei muito bem o que fazer quando Marilena morrer.

Por vezes ,corria para os meus braços, pedindo proteção. Naqueles momentos até sua respiração se mostrava sensual. Em outras ocasiões, ficava calada e sem expressão. Aí, falava coisas que contradiziam propostas anteriores.

- Quando sair daqui, vou visitar você em sua casa. Não quero perder sua amizade.

Apesar de me considerar forte, me faltava coragem para falar que não desejava apenas, ser seu amigo. O quer, eu queria mesmo, era ser seu amante, como naqueles dois dias que Marilena viajou.

Mas lá no fundo, eu sabia que aceitaria a sua simples amizade para não perdê-la de vez.

Há cerca de uma mês atrás, aquela moça tinha, praticamente, me obrigado a fugir.

De qualquer forma, a verdade crua, é que eu não conseguia ficar longe dela.

Sua ausência, ainda que por alguns instantes, me deixava perturbado. Um dia, a gente estava no restaurante e ela saiu para comprar medicamentos para Marilena. Fiquei doido, até ela voltar. Num espaço de tempo insignificante cheguei a pensar que jamais retornaria. Onde iria se esconder em Míconos? Como sairia da ilha sem eu saber? Minha paixão por Alexandra me tornava infantil!

Sem dúvida, eu me encontrava em um labirinto sem saída. Mas, a grande interrogação era eu mesmo. Como entrei nele? Que poder de atração existia naquela moça para me deixar em permanente agonia? Eu estaria anestesiado em relação a outras mulheres? A fraqueza que eu revelava me deixava feliz? Até que ponto, chega um amor desordenado!

Ao retornar da farmácia ela me disse, repentinamente:

- Será que ainda teremos a oportunidade de ficar juntos, como naqueles dois dias?

Era surpreendente, a forma como aquela moça, anulava em mim, qualquer raciocínio lógico. Duas palavras suas me conduziam até o céu. Depois, ela ficava fria, e me levava no inferno. Um nó crescia em minha garganta, e meu cérebro não encontrava recursos para quebrar aquele silêncio.

Esse relacionamento que poderia até refletir uma imagem de felicidade, tinha, também, o dom de me reduzir a um estado lastimável. Contudo, mesmo nos momentos em que eu sentia pena de mim, surgiam algumas verdades indiscutíveis. Essencialmente, eu a desejava de forma intensa e, enquanto não a possuía, minha mente ficava louca.

Voltando para casa, à noite, nem de longe eu podia pensar em fazer amor com ela. Estava envolvido em uma atmosfera sinistra, vivendo em um velório. Eu teria que ser um necrófilo, para dormir com Alexandra neste ambiente.

Ela dormia em meu quarto, numa cama de frente para a minha, desde que Marilena passou a ocupar os aposentos de solteiro. Isto representava mais uma afliação, em minhas noites.

Ali, tão pertinho, sua respiração se transformava em uma tortura de amor. Era a companhia mais dura e impiedosa. Eu acordava no meio da noite – acordar é modo de dizer, na verdade nem dormia – e me levantava para olhá-la. Permanecia um tempão observando seu sono tranquilo, sereno. Seus cabelos negros e soltos cobriam parte de seu rosto. As horas demoravam para passar, e só no amanhecer, eu acabava caindo em um sono profundo, completamente esgotado pela vigília.

Quantas vezes, do outro quarto, vinha um gemido doloroso, penetrante, agoniado. Nos meus ouvidos parecia uma melodia fúnebre. Esta casa,que havia sido tão alegre, era, agora, triste e macabra. Não a suportava mais, apesar de todo o meu amor por Alexandra. Mas, eu sabia, também, que perderia minha amada para sempre, se fosse embora.

Os dias seguintes foram exatamente como o médico tinha previsto.

Marilena não nos reconhecia mais. Começou a ter pesadelos, geralmente medonhos. Seus gritos revelavam medo e angústia. Dava para perceber, pelos seus soluços, que ela sentia medo de estar sozinha, naquela escuridão infinita. Era o receio de quem deixa a vida, para entrar na solidão desconhecida da morte.

Após aqueles momentos de agonia, sua respiração piorava.Não era apenas a agonia, que causava tudo isto, mas sim, o produto de sua imaginação enfraquecida pela doença. Doença, que progredia, sufocando seus pulmões.

Durante aqueles dias, Alexandra se aniquilou. Não conseguia conciliar o sono, com a visão de morte que se aproximava. Tudo muito natural e humano. Quem pode, no início da vida, imaginar o fim? Não apenas imaginá-lo, mas vivê-lo também.

Alexandra morria um pouco com Marilena. Estava reduzida à metade de sua condição física e psicológica. Quase não comia e não saía do lado dela. Somente com muito esforço, eu conseguia retirá-la do quarto por alguns minutos, para comer alguma coisa. Apresentava, sinais evidentes de esgotamento nervoso. Agora, que Marilena não reconhecia ninguém, era impossível para Alexandra concordar com o inconcebível.

O poder de raciocínio, os reflexos e a mente, de Marilena, não existiam mais. No entanto, ela continuava viva. Seu jovem coração, batia sem saber o que o esperava.

Os dias eram monótonos, inúteis. Vivíamos em uma experiência triste e sem nenhuma razão. Ela, nem sofria mais. Era um corpo sem vida, sem vontade, morto. E dentro dele, por um capricho da natureza, pulsava um coração.

Não demorou muito tempo para que ele, também, acompanhasse o resto do corpo em sua eterna rigidez. Era de manhã. O médico estava lá, muito mais pela sua consciência, do que propriamente pelo dever profissional. Ele não podia lhe oferecer, mais nada. Quando Thanassis saiu do quarto, eu e Alexandra estávamos no sofá.

Se aproximou e segurou nas mãos de Alexandra. As acariciou. Ela o olhava meio que perdida.

- Acabou, disse Thanassis. Ela descansou.

- O que? Gritou e tentou correr para o quarto.

Consegui impedi-la, segurando seus braços. Ela chorava dolorosamente. Permaneceu deste jeito, até o médico ir embora. Depois, fomos vê-la. Marilena tinha os braços cruzados sobre seu peito. Obra de Thanassis.

A agonia despareceu de seu rosto. Parecia que estava dormindo, e que logo estaria em pé para irmos para a praia.

Alexandra ficou atrás de mim, soluçando desesperadamente. Cobri o rosto de Marilena. A parada repentina da vida, é assustadora!

Abracei Alexandra pela cintura e saímos. Fechei a casa, e fomos para o orelhão, ligar para mãe de Marilena, para dar a notícia.

- Seu sofrimento terminou? Me perguntou com a voz cheia de emoção e de dor. Ela queria morrer em Míconos, perto de você. Foi aí que ela teve, suas últimas recordações boas de vida.

Aquelas palavras ecoaram como um grito em minha consciência. "Suas últimas recordações boas de vida", pensei. Quais recordações? Com meu comportamento, ela não podia ter "boas recordações". Mas, mesmo assim, ela quis morrer aqui.

A companhia, doce ou amarga, que lhe ofereci, lhe agradou. Isto, consolou minha alma pecadora.

Completando a ligação, falei para sua mãe que iria fazer de tudo para colocar o caixão no navio da tarde. Assim, ela poderia recebê-lo amanhã cedo, em Pireus. O assunto era extremamente macabro e Alexandra evitou escutar a conversa, permanecendo bem longe do orelhão.

Olhava para o mar e chorava. A deixei em um café da praia e fui providenciar o caixão para o embarque.

Cuidei de tudo e voltei para pegá-la.

- Você comprou passagem para mim?

Fiquei pasmo.

- Você quer ir para que? Perguntei preocupado.

- Eu perguntei se comprou passagem para mim, falou com uma expressão dura e amarga.

Aquele momento, não era propício para objeções e conselhos. Apenas respondi: "não, por que?"

- Porque vou viajar com Marilena.

Calei minha boca, angustiado.

Me pareceu, completamente desproposital, tentar dialogar. Do jeito que falou, nada faria ela mudar da ideia.

Comprei a passagem e, entreguei a ela, ali mesmo no café. Não podia impedi-la de acompanhar, pela última vez, sua amiga morta.

À meia noite, num canto deserto do porto fizemos o embarque do caixão.

Olhando para o caixão, me lembrei de quando cheguei com ela, dois meses e meio atrás, e pensei na forma infeliz como estava voltando. As lágrimas correram pelo meu rosto.

Alexandra também entrou no barco. Antes que o barqueiro soltasse as cordas, ela se voltou para mim, e falou bem baixo.

- Tchau, Strati, olhando em meus olhos.

- Vou ficar aqui, esperando você voltar. Não demore, falei no mesmo tom.

Ela continuou me olhando em silêncio, até o barco desaparecer na escuridão do porto.

Com o coração amargurado e com a mente repleta de pensamentos sombrios, comecei a caminhar, em busca de um lugar, onde pudesse tomar algo bem forte.

Na ilha, desde muito cedo, só se comentava a morte de Marilena. No interior, é sempre assim.

Entrei na parte mais reservada do bar de Babis. Estava sem paciência para escutar estas conversas. Vi apenas três turistas. Fui direto para o balcão e me sentei. Babis me serviu um uísque e tocou meu copo no dele.

- Que descanse me paz, falou magoado. Seu rosto revelava um ar de tristeza e compreensão.

Se calou para não me incomodar, e de forma discreta, serviu mais uma dose em meu copo.

Me assustei com tapa que tomei nas costas. Era Fouskis.

- Olha só, companheiro (era assim que ele me chamava quando queria falar algo sério), tou muito puto, por causa do que falei naquela noite. A alma da moça não vai descansar direito, porque falei mal dela.

- Ahh, você não falou mal de ninguém. Apenas, fez seu papel de bom amigo, e me alertou para coisas que eu não enxergava.

Ele pediu uma bebida. Deu uma batida, com fundo do copo no balcão, bem ao jeito da ilha e depois tocou no meu.

- Que descanse em paz. Falou, e engoliu tudo em um só gole.

- E agora, companheiro, o que você vai fazer? Perguntou.

- Vou esperar.

Acho que não entendeu. Mesmo assim, não me perguntou o que eu ia esperar e muito menos por quanto tempo.

Resolvi voltar para casa. Não conseguia beber. Minha garganta parecia fechada. A lembrança de Marilena morta, estava mais viva que nunca em minha mente. Não esquecia, também, de Alexandra sozinha, enfrentando pela primeira vez uma situação tão difícil. Eu deveria ter ido com ela.

Ainda hoje, não consigo explicar, por qual motivo não acompanhei ela. Foi, provavelmente, uma reação humana. De repente, senti uma enorme crueldade dentro de mim. No fundo, a morte de Marilena, ditou o rumo de minha relação com Alexandra.

Minha presença, era desnecessária naquele funeral. Alexandra também não precisava ter ido, uma vez que Marilena, seria recebida por seus familiares.

Me tornei cruel. No meu íntimo reinava um otimismo muito cômodo para meu coração apaixonado. Acabei reconhecendo como certa, minha atitude de não participar de funerais.

Caminhando na escuridão silenciosa da noite de inverno, uma onda de remorsos afastou meus pensamentos otimistas. Inseguro, passei a me recriminar por não ter ido. Minha decisão impensada, poderia marcar o fim do meu relacionamento com Alexandra.

Cheguei em casa, e fui surpreendido por um cheiro forte de vinagre misturado com perfume. Este cheiro, era proveniente da colônia que as mulheres usaram, para preparar Marilena para entrar no caixão.

O meu lar, sempre tão alegre, tinha sido invadido pela morte. Abri todas as janelas, para arejar a casa. De outra forma seria impossível dormir ali. Observei o quarto de Marilena. Haviam colocado o colchão na janela. Outra pessoa viva tomaria seu lugar. Sua vida havia parado, mas a nossa continuava.

Saí na sacada e deitei em uma poltrona. Ainda dava para ver, um pedacinho de luar. Vesti um casaco, para me proteger do vento gelado. Lá de cima eu escutava suas pancadas nas pedras.

Fiquei olhando a lua como alguém que fica vendo a lenha queimar na lareira e não sente o tempo passar. Pensei em Marilena, olhando aquela mesma lua, em sua fase crescente.

Havia sido sua última lua...

É incrível como nos parece estranho o fato mais comum da vida, que é o seu fim. Enquanto não somos atingidos, não pensamos que todos nós caminhamos em direção ao seu encontro. A cada instante, chegamos mais perto da morte. Agora, estou mais próximo do fim. Esse fim, que é um fato definitivo e que nenhuma força consegue mudar. É mais forte até, que o próprio pensamento, que não tem barreiras, nem limites. Força imensurável, infinita. Algo que não consigo compreender.

Eu não podia admitir o fato de que Marilena nunca mais estaria com a gente.

Naquela hora, o navio já devia estar perto de Ghioura, e ela, jazia imóvel no caixão. No largo de Ghioura o mar estava bravo e daí?

- "Que ilha é aquela, Don?" Me perguntou, quando viemos para Míconos.

Coitada! Não conheceu nada desta vida.

Acompanhei a lua com os olhos até ela se esconder atrás das Diles. Depois fiquei analisando as milhares de estrelas que cintilavam no céu. Uma delas deve representar a alma de Marilena, que lá do alto nos faz companhia.

Me lembro que quando era criança, perguntava para minha mãe:

- O que são as estrelas?

- São as almas das pessoas que morreram. Quando eu partir, você vai olhar para as estrelas e saberá que uma delas sou eu. Estarei olhando por você, lá do alto.

No dia seguinte desci até o cais. Segundo meus cálculos, Alexandra não poderia estar de volta, uma vez que o funeral seria hoje à tarde. Era muito provável que voltasse amanhã.

Uns pescadores vieram se sentar comigo para tomar ouzo. Quando dei por mim, era meio dia. No período da tarde fiquei em casa lendo. O tempo mudou. O inverno, sem dúvida, havia tomado o lugar do outono.

No outro dia acordei cedo. O frio era intenso, por causa do vento do norte, que soprava durante toda a noite. Meu coração batia descompassado. À tarde chegaria Alexandra.

Eram três horas, quando fui para o porto. Da sacada, vi o navio chegando de Tinos. Jogava e espalhava muita espuma branca, formando um véu esbranquiçado, à sua volta.

O primeiro barco que atracou trazia todo tipo de gente, tanto de Míconos como de fora. Mas, ela não estava nele.

O segundo e último que chegou, tinha muitos lugares vagos. Fiquei olhando de longe, enquanto ele se aproximava. A angústia e a decepção tomaram conta de mim.

Ela, não estava neste barco. Assim, que todo o mundo desembarcou, minhas esperanças desapareceram.

Fui embora caminhando de cabeça baixa até a outra extremidade do porto. Ela deveria ter vindo hoje, pensei.

Fiquei procurando justificativas. Talvez o enterro tenha se atrasado. Quem sabe decidiu descansar um dia em sua casa. Quem sabe? Agora eu me agarrava naquela pontinha de esperança.

Psicologicamente eu estava arrasado. A solidão daqueles dias conseguia produzir em mim, efeitos devastadores. Cheguei em um estado de profunda tristeza e melancolia. O cenário proporcionado pela ilha era trágico. As ruas desertas e as lojas fechadas, me passavam a sensação que a morte havia passado por ali, carregando todas as pessoas.

As crianças estavam nas escolas. Aquele branco tão alegre que o sol fazia brilhar, não era mais visível. Não havia sol. A praia estava vazia, deserta. Os cafés com suas portas fechadas, e os vidros das janelas embaçados pela umidade.

Eu andava sem rumo. O único sentimento que me animava era a expectativa, mas essa também ia me abandonando lentamente.

Voltei minha cabeça para o norte, para que o vento jogasse meus cabelos para trás. Estavam cobrindo meu rosto, e eu não tentei arrumá-los. Caminhava para o nada.

Eu me sentia, exatamente assim. Uma pessoa solitária e sem nada, em uma ilha deserta.

Aqueles, que saíram do navio, se refugiaram nas casas e nos poucos bares que estavam abertos. O cais ficou, de novo, sem ninguém.

Restou apenas Mandó, no outro lado da praia, olhando o mar, orgulhosamente, enquanto o vento do norte gelava seu rosto de mármore. Seu olhar inacessível, revelava, também, a altivez da infelicidade e da desilusão. Demonstrava, ainda, o orgulho dos injustiçados, gravado para a eternidade em suas expressões de pedra.

A tristeza me dominava. E nestes casos, só restam duas razões para continuar a viver: ignorar ou esperar. E eu não esperava mais. Olhando fixamente Mandó, eu procurava encontrar coragem.

Várias vezes, ela perdia sua expressão de soberania e de arrogância, que é muito comum em estátuas, para se tornar humana e piedosa.

Era inegável que eu precisava de piedade. Minha estava infeliz, e minha mente vazia e desamparada. A alegria e o sorriso me abandonaram. Eu não conseguia enxergar meu futuro sem Alexandra. Para que viver, se fui vencido por um cadáver? Depois de morta, ela ganhou a pessoa que lhe roubei, enquanto estava viva!

Alexandra nunca mais voltou para mim, e Marilena, mesmo estando morta, ficou com ela para sempre.

Epílogo

Este livro foi escrito dois anos atrás. Nessa época, as imagens desta história e de Míconos, estavam bem vivas em minha memória.

Enquanto a história acabou, junto com seus personagens, Míconos ainda está viva, e viverá para sempre para aqueles que a amam, e guardam recordações suas. Lembranças da ilha do passado. Passado não longínquo, de nossos avós, de nossa infância. Mas, um passado recente, de ontem.

Infelizmente, entre esse ontem e hoje, aconteceram muitas coisas em Míconos.

Um clima completamente novo envolveu a maravilhosa ilha. Um clima de miséria que em nada lembra a beleza descrita, no curso desta história. A ilha fede. É o mau cheiro dos homossexuais perversos e sofisticados que tomaram conta dela.

Nenhuma das pessoas que ama esta Míconos branca, luminosa, radiante, suporta vê-la no estado, que está hoje. Hoje ela oferece um espetáculo lamentável.

É inacreditável que em um espaço de dois anos ela tenha

se transformado em uma feira de homossexuais. Isto, se deve às forças, que serviram durante os sete anos de ditadura, quando aceitavam esmolas sob a forma de qualquer moeda indigna, sem pensar nas consequências. Mesmo assim, nunca é tarde para a ilha reencontrar suas antigas características.

Como?

É simples. Basta, que o delegado de Míconos, o Senhor G. Dimopoulos, que segundo a opinião geral, realizou tanto em tão pouco tempo, me pergunte e eu, prazerosamente, lhe direi.

Sobre o Autor

Zachos Hadjifotiou possui uma personalidade que transborda; durante
boa parte de sua vida foi ao mesmo
tempo um lendário playboy, membro
proeminente da elite Grega, um empresário de sucesso, um dos jorna-
listas gregos mais conhecidos, e um
filosofo contemporâneo.

Zachos, com seu espirito perspi-
caz e muito senso de humor, tem sido
reconhecido como um autor prolífico
e talentoso, com um estilo criativo e
enérgico. Sua fonte de inspiração são frequentemente suas
próprias experiências e aventuras.

www.stergioubooks.com

www.ingramcontent.com/pod-product-compliance
Lightning Source LLC
Chambersburg PA
CBHW050352190726
48284CB00007BB/2250